奇幻來自在地想像

目錄

十年精華　創意無限

文／施振榮（智榮文教基金會董事長）

由智榮基金會補助，彰化高中圖書館主辦的全國高中職奇幻文學獎，已經滿十年。十年來，每屆都有令人非常驚豔的好作品，也都出版獲獎作品集，以饗讀者。現在，主辦單位邀請多位新銳年輕小說家，從歷屆獲獎作品，再挑選出十篇，集成一本十年精選集，由奇異果文創公司重新編排出版，發行到市場流通，並列入高中國文課外閱讀補充教材，這是非常值得高興，也是很有意義的事。

在此要特別恭喜這十位入選的作者，經過十年的時間淘洗，作品仍然受肯定，有的已經大學畢業，走入社會，但還繼續寫作；有的投入不同的領域，繼續發光發熱。不論現在身處哪個位置，高中時期這個結合在地與奇幻的一萬字競寫經驗，一定是一次難忘的奇幻之旅。

我常說「台灣不缺人才，只缺舞台」。我長期補助這個全國高中青年的創意寫作競賽，就是希望提供年輕朋友，一個可以揮灑想像力與創造力的平台，讓充滿活力的你們，在這裡練習收集資料，發揮想像力，磨練文字能力，學會說好一個有力量的好故事。十年來，收穫滿滿，讓我非常佩服年輕朋友無窮的創造力。

最近我提出「新微笑曲線」，強調跨領域整合的重要性，在新經濟時代，落實體驗經濟與共享經濟，為台灣社會創造新價值。過去二年，我也透過文化科技發展聯盟，呼籲推動文化與科技的跨領域整合，希望藉由科技作為工具讓文化發揮更大的影響力，創造更大的價值。文化內容的製作如能借重 ICT（資訊與通信科技）平台，複製到市場，擴大分享，這樣才能提高附加價值，發揮整合效益。

高中是人生一個很關鍵的學習階段，也是未來發展很重要的基礎，從這十篇高中時期的精選作品，對照作者現在的發展，讓人感到既欣慰又期待。

全國高中職奇幻文學獎已經完成第一個十年的任務，吸引全國高中學生熱烈參加競寫，每年優秀作品不斷產出，除了出版紙本作品集，還有發行全世界六十五國的電子書。這本十年精選集的出版，除了要感謝十年來，熱情投入，積極付出的呂興忠主任、歷年所有辛苦的評審委員尤其是陳萬益教授、朱宥勳作家與楊傑銘教授等，還有參與這個寫作競賽的所有同學，謝謝大家。

十年辛苦不尋常

文／陳萬益（清華大學台灣文學研究所教授）

這是「奇幻文學獎」十年一次的大結集：它集結了創辦人師鐸獎教師呂興忠的教育理想與熱情、企業家施振榮回饋母校和栽培青年的藍圖、以及奇異果出版社對語文教育的關懷。

當然，最重要的是：它集結了十年來全國高中職學生的創作——饒有台灣風格的奇幻文學作品。所謂「台灣風格」，奠基於文學獎的核心思維「奇幻來自在地的想像」。在全球化資訊時代，強勢文化的影音圖像幾乎遮蔽青年的成長空間，只有紮根自身土地，吸取內蘊泉源，才能茁壯穿越，在自由天空飛翔。

十年來，我們的高中生在家長的支持、老師的指導下，在課業和升學壓力的縫隙中，在教科書之外搜尋探索台灣古今歷史、人物、神話、傳說，從中激發想像與對話，書寫悸動靈魂的故事。萬字的篇幅是毅力的考驗、是創造的錘鍊，也是化蝶之蛹的脫胎換骨。

這些文本，我都曾經閱讀、討論、驚喜，這一次難得的大結集，不能不讓我讚嘆：真是十年辛苦不尋常！

值得一座文學獎的文學獎

文／朱宥勳（作家）

寫作幾年之後，我開始有擔任文學獎評審的經驗，每年都要跑各地的好幾個比賽。其中，我最喜歡一個獎就是「全國高中職奇幻文學獎」——喜歡到我可以用剛剛那種小學生句子講出來的程度。

從小時候開始投稿，到這幾年的評審經驗，我「在場」的文學獎活動，起碼也有數百場了。在不斷重複中，我不禁開始覺得文學獎就跟賽跑沒什麼兩樣：反正每個比賽之間都沒有差別，就是一堆人寫了一堆字，交給幾個比較專業的讀者討論一下，就結束了。而每場文學獎都像是在抽樂透，主辦單位根本不知道今年會有什麼作品，能不能選出夠水準的得獎者，當然更談不上透過文學獎來傳達什麼理念。誰知道今年的參賽者會寫什麼主題？

然而，彰化高中呂興忠主任辦的「全國高中職奇幻文學獎」完全不同。

我知道這個獎的時候，年紀已經大到無法參賽了。我還記得自己盯著徵稿辦法，皺眉思考了老半天。這個獎最大的特色，就是設定了兩個徵稿條件：

1 必須是奇幻小說

2 必須以台灣歷史人物為題材

這太奇怪了。如果主辦單位是想推廣台灣歷史，不是應該把第一條改成「必須是歷史小說」嗎？為何是奇幻小說？但多想一秒，我突然就懂了：沒錯，歷史小說才會直接處理歷史，可是歷史小說需要非常詳細的考證功夫，這是中學生很難負擔的。而轉移到奇幻小說之後，就能以奇幻的虛構去掩護缺乏的歷史細節，會比較「好寫」；其次，奇幻小說本來就是一個充滿歷史感的文類（相對於科幻小說充滿了未來感），而且擅長處理族群之間的關係，這不就是處理台灣史最方便的切點嗎！

這個獎不以隨便徵一些不知道方向的作品為滿足。它有理念要推廣（台灣歷史），也採取了聰明的手段（奇幻小說）。這讓它在眾多平庸的文學獎中鶴立雞群，簡直值得頒一座文學獎給這個文學獎。

呂興忠主任辦了十年的小說獎，我從來沒讀過他的小說。但光憑這個點子，我就知道他是有「小說感」的人，他知道怎麼把正確的題材組合到正確的風格之上。

等到我認識呂主任之後，我才聽他說了第三個理由：他說，辦學生文學獎，也許作品沒辦法讓很多人看到，無法影響很多讀者。但是，這些年輕的得獎者，可能都會是未來的文壇主力。我們可以從源頭影響下一代，培育出優秀且關懷台灣歷史的文學作家。

除了嘆服我沒什麼好說的了。只不過，從現在開始，呂主任的某一個判斷就將成為過去了。在這本「全國高中職奇幻文學獎」的十年精選集正式出版之後，這些作品可以開始影響很多讀者了。我們邀請了瀟湘神、楊双子、黃致中三位小說家擔任評審，再一次把十年的得獎作品打散重讀，選出嶄新的精選名單。

正如我前面所說，文學獎主辦單位很難控制某一年的得獎水準，因為參賽者總會有高有低。但當我們把十年的作品一次排開的時候，就能從優秀作品中精煉出更秀異的名單了。呈現在各位面前的，是通過了每一年的激烈廝殺之後，又在十年一組的「大聯盟」裡面殺出血路的作品。

在每一篇作品之後，我們也附上了評審的意見，闡明這些作品的優點和可能性。因此，這不但是一本文學獎選輯，更是一本由中學生撰寫、且適合給中學生閱讀，作為課堂教材或補充文本的書籍。國文課本限於篇幅，總是沒辦法選錄太多現代小說。這本十年精選，正可以補足這份缺憾。

高中生可以把小說寫到什麼程度？翻頁過去，你就會知道了。

奇幻來自在地的想像

文／呂興忠（彰化高中圖書館主任）

我的父母是佃農，生了八個孩子，卻是全家小孩都上學，還完成大學以上的教育，這在當年的農村，是很少見的。不過，為了孩子的教育，常常要借錢付學費，終年辛苦勞動的農作收成，只夠還債。

有一天，小學五年級的三哥，突然跟母親要五塊錢，他要跟鄰居兩個玩伴，相約一起搭客運，去彰化市的八卦山。

「你去八卦山，欲創什咪？」

「練武功！」我的三哥一臉嚴肅與正經。

那個年代，鄉村是非常封閉，也缺乏外界資訊的。父母不讓女孩偷看愛情小說，傳說那家的女孩被送進瘋人院，就是愛情小說害的。男孩不能讀武俠小說，會整天瘋瘋癲癲的跳上跳下，幻想自己有飛天鑽地的一身輕功，甚至，離家出走，說是要去有山的地方，練武功。

我母親很淡定，將一綑稻草塞進灶口，起火，洗米，開始煮午飯。

「你要練武功，也要吃飽了，才有力氣。」

煮那一頓飯，我母親沒有平常的俐落，花了不少時間。滾燙的稀飯，跟在窗外不時窺探的兩個玩伴，一樣的焦急，難以下嚥。後來，據說他們沒有趕上車，因此，失望地錯過了去八卦山練武功的英雄夢。

奇幻的故事就在我們的身邊，我們的日常。有神仙的山，有海神的海，就在我們生長的這個島，這個島有百分之七十的面積是山地，我們幾乎抬頭就可觸及，還有千百倍面積的海洋，就在我們的四周，不需多少路程就可親臨。唯一缺乏的，是對這個生養我們的島的想像力。

高中生奇幻文學獎從二〇〇九年開始舉辦，那是高中生瘋迷外國奇幻小說與電影的年代。這個文學獎標舉的「奇幻來自在地的想像」，是希望我們青少年在閱讀外國奇幻作品的同時，想像的翅膀，也能飛臨我們生活周遭的土地。這是長久教育被忽略的部分，也是我們希望急起直追的。

台灣雖小，山川奇麗，風土富饒，養育原住民千年的世世代代。直到海權的波浪抵岸侵襲，國際強權南北侵擾；溯至百年來的殖民政權更迭，累積了豐富的歷史資產。面對變動與抉擇，其中有多少人性的挑戰與幽微，這些都是文學最佳的核心源頭啊！

感謝宏碁集團創辦人施振榮先生，長期支持這個啟發青年想像力與創造力的高中學生奇幻文學獎。施先生本身就是會被流傳下去的一則台灣傳奇故事，大家尊稱他是台灣的電腦、品牌教父，是開創台灣電子產業重要的推手。施先生的名言：「台灣不缺人才，只缺舞台。」奇幻文學獎十年有成，我們希望能以這本奇幻十年精選集，向長期慷慨挹注經費，提供這個創作平台的施振榮先生致敬。

感謝擔任整整十年評審委員主席的清華大學台灣文學研究所陳萬益所長，陳教授是台灣文學進入學術體制的先驅與重要貢獻者，有他的加持，十年來，文學獎走得穩健而精彩。還有參與歷屆評審辛苦工作的朱宥勳、楊傑銘、王家祥、宋澤萊、劉梓潔、陳思嫻、楊翠、謝文賢、沈育如、王鈺婷、周馥儀等作家與學者。

還要感謝楊双子、瀟湘神、黃致中三位新銳作家，從歷屆十年獲獎作品再評選出十篇，作為十年精華的專集。這十篇高中時期創作的作者，都已進入大學，有的已進入職場，有的結婚了，青春的奇幻寫作與實際人生一樣的精采。

最後，感謝奇異果文創出版社出版本專集，謝謝編輯們的辛苦與用心。奇異果才集資出版高中國文課本，令人眼睛一亮，完全顛覆大家對過去高中國文教科書的陳腐印象，讓語文教育提升到思辨與應用的層次。本書能由這麼一個進步的出版社出版，是我們的榮幸。感謝朱宥勳老師，為這本十年精選集的誕生，用力最多，還有精彩的序文，為這本書增添許多光彩。

讓我們繼續另一個十年的奇幻文學旅程吧！

鹿與白晝

文／何冠威（台中一中）

作者簡介

臺中西屯何厝庄後人，投稿本作時就讀臺中一中高二。現為心理作戰情報軍官。博士班在學，主要研究國際戰略。

受當年獲獎鼓舞，這些年來仍持續從事奇幻文學與歷史文學寫作，曾投稿國軍文藝金像獎小說作品〈攻向天空〉（關於一九五六年中橫公路修築）、〈大安溪鎮魂歌〉（關於一八四二年鴉片戰爭臺中大安之役），另有大學時期社團作品〈那霸港的提燈人〉（關於琉球神話、沖繩戰役與韓戰），都帶有一點幻想與浪漫的成分。

依然關心原住民族，依然關心平埔族群，依然在創作關於平埔族群歷史的奇幻文學。二〇一一年初開始撰寫一部以十世紀臺南、高雄山區為背景的十萬字長篇小說，題材涉及語言、神話、魔法、鹽鐵酒、生離死別與青少年心理。已經寫八年了，目前仍未完成，但不會放棄，一定會讓這部作品問世。

這幾年來接觸到一點荷蘭文和其它語言，同時也對民族、生態、器物的歷史考據更嚴謹了，陸續發現當年寫作時的一些誤譯或其它誤用。謝謝彰化高中圖書館讓我有這次機會校正當年的疏誤，了卻心中一份缺憾。

當年獲獎見報後，大肚王的故事被愈來愈多人關心、再創作。我不是平埔族人，我只是個對平埔族群很有興趣的漢人，但仍很高興於有那麼多人一起發掘平埔老故事，也希望有更多人支持平埔各族的正名運動。

男人站立在草坡上，眺望廣大草原和樹林所哺餵的梅花鹿群。

他身上穿著半掩結實胸膛的白色粗布短衣，一件滾上紅色花紋的白色布腰裙，腰間佩著一把木頭握柄的短刀，手持籐杖。他的眼神像天空中盤旋的鷲，鼻樑像堅毅不崩的山嶺，嘴唇像遠方平直的地平線，呼吸的氣息像冬天時寒冷的北風。

他掃視著整片大地，頭上彩色的羽毛裝飾和將耳洞撐大的貝殼輕輕晃動。他的眼神定住了，朝著一個方向，一隻無角的母鹿正朝他走來。他來此的目的並不是狩獵，他沒有帶追捕鹿隻的獵犬。他便站在那，看著那頭鹿向他靠近。

母鹿皮毛柔順，紅褐的毛色在陽光照射下反射出金橙色的光澤，白色的斑紋如點點桐花撒落在牠背軀上。牠走到男人面前，嗅了嗅男人的體味，退後一兩步，用鹿隻柔和的眼神凝視著男人。男人覺得牠的一舉一動都像一位優雅的少女，徐緩而溫柔。

過去的他們不會濫捕鹿隻，只取所需食用的鹿肉，殘留下的鹿皮可以做成衣裳或者交易品。鹿通常都很怕生，很少見到這麼一頭不畏懼人類的溫馴梅花鹿。

「甘瑪哈，」母鹿說。「你就是甘瑪哈。」

那是年輕女子的聲音。男人不感到詫異，彎下膝蓋，以單膝跪姿平視著母鹿的眼。母鹿烏黑而大的鼻頭正對著男人的臉，男人感覺得到牠的呼吸。

「不平凡的靈魂，妳有什麼事要告訴我？」

「甘瑪哈，祖靈有預言要給你。」母鹿說。

母鹿倏地轉身，跑到離男人幾步遠的地方，男人隨之站起。

「祖先的山無法行走，祖先的樹木無法奔跑。」母鹿說。牠身後映著遼闊無邊的綠草，綠草的後面是山，低緩、延綿的灰靛色山巒。那就是多利達山，像巨大臥獸的背脊，背負點點樹叢，在迷濛的天色中。

「野獸將從南方而來，你的肉將被他們所食，你的骨將被他們搭建成巢穴，你的魂魄將被驅趕到你所陌生的山林中。」母鹿如巫覡般地訴說著，一種深長而令人恐懼的預言和警告。

男人的眉也像平躺的多利達山，壓住黑白分明而銳利的眼珠。他眼裡沒有驚惶，嘴裡沒有嘆息，只是手裡緊握著籐杖。

「你無法改變這個命運，甘瑪哈。你會怎麼做，甘瑪哈？」

男人舉頸凝視天空，挺起胸膛，短衣裡露出厚實的肌肉。他高聲說道：

「告訴祖靈，將我的肉餵食野獸，把我的骨給野獸居住，讓我的魂魄放逐到遙遠的山谷中。但我將會走真正的勇士所走過的道路！」

他的聲音飛過了草原，穿入多利達山，渾厚的聲音在空氣中翻滾震動。草原上的鹿群或覓食，或奔跑、跳躍，牠們眼裡的世界依然安詳。

母鹿沒有再說話，奔向草原上的鹿群，直到男人無法再分辨出哪頭是與他說話的母鹿。男人的視線裡，只有兩頭幼鹿，惹人憐愛地互相追逐、嬉鬧。

他是甘瑪哈．馬祿，拍瀑拉族的族長，白晝之國的人們共同的首領。

．

聯盟的屬民稱呼甘瑪哈為「烈凜」，意思是白晝的統治者。他一直站在那片草原上，拄著籐杖，日日夜夜看著那片草原，直到草原上的草開始被鏟起，翻土，種下一株株禾苗。

歷代的烈凜都以甘瑪哈為名，後面再加上父名或母名；同時，甘瑪哈也是聯盟通行語言的名稱。甘瑪哈．馬祿的舅舅——甘瑪哈．阿斯拉米統治白晝之國的時期，一共統轄著二十七個村落，首府在烈凜居住的多利達村，那是聯盟的鼎盛時期。但是現在甘瑪哈．馬祿直接統轄的村落只剩下十五個。

甘瑪哈摸摸手中的籐杖。那是東印度公司所授予的，象徵他對聯盟土地的統治權，上面刻著公司「VOC」的字樣。甘瑪哈記得第一次到大員出席集會時，十幾歲的他看著坐在較高處的紅毛碧眼。傳教士將大員長官說的話譯成新港語，他們帶的翻譯再將新港語譯成他們聽懂的甘瑪哈語——以前的烈凜只允許公司的人經過王國境內，但不允許他們傳教或學習甘瑪哈語。

白皮膚的紅毛人走了，但他的籐杖並沒有被收回，而另一群人又來了。他們一手拿著刀，另一手拿著鐵鋤，帶來大片的田園，以及聯盟人未曾經歷過的剝削和役使。

聯盟屬民的竹弓和獵犬漸漸地獵不到鹿，取代草原的田如毒蟲般不斷蔓延，圍向甘瑪哈所站立的地方。他沒有動，山林也沒有動。

甘瑪哈的心中揚起一陣陣波瀾，像夏日湍急的巴丁笛河，像夏日風暴挾帶而來的狂雨。他緊握籐杖，思緒卻更加衝突、紊亂，如此地矛盾。他低下頭，微閉雙眼。

此時已是午後了吧？多利達村裡，拍瀑拉的婦女正在挖掘熟成的芋頭，小孩只顧著奔跑、玩耍。

烏雲掩蓋了公廨外的光線，下雨了。千百個小點打在茅草屋頂上，自上而下傳來聲聲戰慄。

·

幾天前，撒拉村的拍瀑拉人終於不堪忍受漢人欺凌，殺死了駐紮當地的漢人士兵與官吏，鄰近的幾個村落也隨之起而反抗。漢人的軍隊立刻從半線北上，焚毀了撒拉村，將村人幾乎屠殺殆盡，僅六個人躲到了海口。

甘瑪哈沒有多說些別的，只是看著草原上的鹿群。他心裡一直迴盪著母鹿的話，但他沒有把母鹿的預言告訴任何人。他已有預感，那些話的意思，只是不說出來。

野獸來了。成群結伴地來了。甘瑪哈緊蹙眉頭，他更加沉默，像一顆落入深淵的石頭。

很快地，撒拉村的慘劇傳遍了多利達一帶拍瀑拉人的耳中，多利達村人心惶惶。漢人的軍隊一定正在朝聯盟的首府多利達村推進。甘瑪哈知道沒時間了：多利達的三個村落加起來只有三百多人，沒辦法也來不及對付上千個漢人精兵。漢人不用多久就會到了。他要多利達村的拍瀑拉人離開村子，逃到東方的群山裡。

而甘瑪哈自己沒去，他也沒有留任何多利達戰士在他身邊，連平常巡查時帶著的兩、三位隨從也沒有。

甘瑪哈眼前，遷徙的隊伍已經出發。甘瑪哈看到隊伍的後方，一位插著骨簪的白髮老婦被女兒拉著手臂，哭喊著不願離去。

她不知道，這次走了以後，還回不回得來。

她的屋子底下埋著她母親的屍骨、她外祖母的屍骨。她也將葬在那裡，用拍瀑拉人的方式，安息在子孫的居室之下，面向拍瀑拉人豐美的大地。她想著，如果她死在群山之間的異土，有人會柔軟她老邁僵硬的四肢關節，擺成舒坦的趴躺姿態，並且在她的頭上輕輕覆蓋一片陶罐片，讓她安眠在子孫腳下的鬆軟泥土裡嗎？

她已經很老了，她還記得一些小時候外祖母告訴她的話，他們世世代代口耳相傳的話：

「太陽，是俯視人間的守護神，引導著祖先回家的路。」

她沒有把外祖母說過的整段話記清楚，只能用被鼻涕、唾液與眼淚阻塞的沙啞聲音含糊說出，一面緊抱著干欄屋的木頭支柱，甩開女兒無奈的拉扯。

甘瑪哈走了過來，對老婦說：「妳放心，伊旦走了，就可以回來了。」伊旦是拍瀑拉語「漢人」的意思。

老婦看見甘瑪哈，眼前一暗，雙膝癱跪在黃土地面上。甘瑪哈和老婦的女兒將她攙扶起，她卻不願意起來。沒幾刻，老婦回過神，抓緊眼前甘瑪哈的腰，帶著整張臉被淚痕劃過的油光，喃喃著：

「如果伊旦不走了呢？如果伊旦不走了呢？」

甘瑪哈不知該如何回答，他只能看著老婦紅腫睜大的殷切雙眼。

他想起母鹿的預言：

「野獸將從南方而來，你的肉將被他們所食，你的骨將被他們搭建成巢穴，你的魂魄將被驅趕到你所陌生的山林中。」

一雙無助的靈魂相互對視。

•

夜裡，軍帳中燭台與火炬燈影晃動，一個人身穿披風甲冑，狀貌雄偉，持毛筆沾墨，左手扶案，右手書寫。案上擺著一頂頭盔，盔頂上有一叢大紅纓。

一位佩刀的士兵走進帳篷內，單膝跪下，說：「稟將軍，承天有消息傳來。」

那人放下毛筆，擱在硯臺上。

「世子大人聽聞將軍討番告捷，甚寬慰，惟恐番亂所及甚廣，非過往之可比擬，不得輕忽，乃決意北巡。」

那人聽完笑道：「卑職自半線來此，滅沙轆番，毀其社，大肚番又聞風而逃。既破番之所恃，番人氣竭矣！更何須世子大人多勞？」

沙轆番指的是撒拉村，而大肚番指的就是多利達村。他從越過大肚溪以來，拍瀑拉人非破滅敗亡即棄村逃竄，明鄭軍幾乎所向披靡。

傳令兵離開了將軍帳篷，篷外只留下隱約看得見兩名衛兵手執長矛的身影。

那人在紙上的寫下最末一行字：「永曆廿四年四月廿七，左武衛劉國軒。」

・

甘瑪哈一個人走，要越過北方蜿蜒橫貫的巴丁笛河。他想尋求巴宰人的協助。在巴丁笛河北邊，達拉諾干人的達拉諾干村是聯盟境內人口最多的村莊，一共有六百餘人。

他赤腳疾行，走到一處樹蔭下，放下籐杖，坐下搓揉行走多時不曾歇息的腳踝。他從離開多利達村以來就一直沒進食，他也不覺得餓，只是一直走。

甘瑪哈感覺有東西正在靠近，他向身後看，是那隻曾和他說過話的母鹿。

「妳也跟來了？」

母鹿好像從甘瑪哈離開多利達村開始，就一直都跟隨著他。但牠並沒有說話，窩在甘瑪哈腳邊，披滿白色斑點的背微微起伏。甘瑪哈伸出手掌，輕輕撫摸牠背上細柔的鹿毛。

甘瑪哈起身再往北走，母鹿也跟隨著。

達拉諾干村已經在眼前了，村子地勢較四周高，附近一帶生滿了高長繁茂的野草。甘瑪哈停下腳步，察看四周，草叢裡倏地躍出幾個黥面紋身的達拉諾干戰士，手上各持著鏢、弓、刀、棍。

甘瑪哈高舉籐杖，說：「我是甘瑪哈．馬祿，聯盟的首領，帶我去見你們村長。」

那群戰士引領甘瑪哈等人進到了達拉諾干村。村子裡的人們紋面刺青，剽悍善鬥，用從敵人頭顱上取下的頭蓋骨大口喝酒。戰士在一座較大的干欄屋前停了下來，屋頂和房屋四周都裝飾著令人怖懼的骷顱頭。

戰士通報後，兩位身材魁武、神色凶悍的護衛和達拉諾干村的村長走下干欄屋。

村長頭上裹著一條有花紋的布巾和較甘瑪哈為樸素的雞毛裝飾，頸上戴著瑪腦等珠飾。

「烈凜，你遠來達拉諾干村，是有何事呢？」村長問道。

「為我們的敵人。他們殺死了我們的人，讓我們的血流淌在我們的土地上；他們燒毀了我們的房舍，讓我們的器物化為灰燼，飄散在我們的風中。我需要你們村裡的戰士擊敗他們。」甘瑪哈對村長說道。

村長臉色一變，對甘瑪哈說：「是嗎？我聽說多利達村的人畏懼伊旦，所以你讓他們逃往東方的山裡，現在卻要我們替你戰鬥？」

「達拉諾干村居高地，戰士勇猛，是反擊伊旦的最好位置。巴丁笛溪以南的各部族不足以抵抗伊旦，所以才到此尋求幫助。」

「叫別人出戰而自己的人逃跑，你沒看到反抗伊旦的下場嗎？我的戰士為什麼要替多利達人送死？請你到其他村子吧！烈凜。」村長一揮手，斷然拒絕。

「從我們祖先的那一代開始，我們彼此訂定了盟約，一百多年來我等都遵照著盟約生存！我們的祖先約定，他們與他們的子孫將依循大地生息的規律，服從白晝之王的統治，互信互存，有一樣的朋友，也有一樣的敵人。」甘瑪哈正色說道。

甘瑪哈的語氣更加嚴厲：「今天多利達人不是逃跑，而是留存力量，伺機反擊。如果伊旦征服了整個巴丁笛河的北岸，不只多利達人反擊無望，我們的聯盟也將被焚燒為塵土。請你們遵照我們祖先立下的盟約！」

達拉諾千村的村長聽完甘瑪哈的話，語塞了半晌，才道：「你的確是我們的烈凜，可是你身邊沒有眾多的戰士，你沒有辦法強逼我與伊旦對立的！」

一直在甘瑪哈身邊的母鹿突然開口說：「你在質疑祖靈的意念嗎？」達拉諾千村的村長聽聞這個聲音，大為驚恐，不能闔口地看著甘瑪哈身旁的母鹿。母鹿翻身一躍，化作一個人形。一位皮膚白皙的素面的女子，穿著露出肚臍的鹿皮短胴衣，下身圍著鹿皮裙，小腿上裹著麻布。她沒有簪髮，任憑長到腰際烏黑的直髮隨風吹散。就連本來習慣母鹿說話的甘瑪哈也大感意外。

「莎楓，妳來這裡做什麼？」村長驚訝地問道。那女子沒有理會他，只是走到甘瑪哈面前，凝視著甘瑪哈的雙眼。

她看起來比甘瑪哈小十來歲，大概是二十歲出頭。甘瑪哈只覺得她的這雙瞳眸就像鹿那樣，有著鹿的溫馴和靈敏。

她轉過身對村長說：「烈凜依循祖靈之命，選中我們的村莊的男人成為他的戰士。召集村裡的成年男子，要他們聽命於烈凜。」

村長還在猶豫，見那女子的眼色，連忙應道：「是！」然後差遣身旁的護衛去集合村裡的成年男子。

甘瑪哈對這戲劇性的變化感到錯愕，而村長對那女子恭敬恐懼的態度更加不解。

木塔上，一個男人搖響了竹筒做成的柝，一面高聲喊著村長的口令。沒一會兒，全村的男人都集合到了檳榔田旁，緊鄰幾間房舍的空地。空地上站著的有十幾歲剛拔完牙的年輕少年，也有五十幾歲紋面皺摺的年長男人，他們每人腰間都佩刀，肩上斜掛著竹弓。

甘瑪哈走到人群中央，對眾人說：「達拉諾干村的勇士，我是甘瑪哈・馬祿。」「從我們祖先以來，就一起在聯盟的土地上生活，享用大地萬靈的恩賜。而伊旦不狩獵，卻將神靈給予人們共同採食取衣的土地，拿去耕種只能餵養他們的作物。伊旦眼裡只有自己的生存，違背了我們世世代代餵養子孫的方式，使我們無法與伊旦和平共處。」

「他們放火燒了他們行經的村落、用鐵器和箭矢殺死了無力抗拒的人們。他們即將要渡過巴丁笛河，來到你們的村落——聯盟最大的村落，你們母親、妻子和女兒所居住的村落。我，甘瑪哈，白晝之王，要和伊旦決一死戰，你們跟不跟來！」

男人們紛紛抽出腰刀，振臂嘶吼、跳躍，豔陽照射下，每個人的赤裸的上身都汗水橫流，臉上的紋面和肉軀上刺的紋樣，在肌肉的扭曲下更加激憤、兇狠。村長被族人的反應給重重搥醒了，回想自己方才自己說出的話：自以為能保全村民生命，但難道要他們埋葬身為戰士的榮譽？

村長也拔出他的佩刀，緊睜的眼裡帶著血絲與眼淚，舉起刀怒吼。男人們情緒更加激昂，拍擊自己的胸脯，汗水彷彿都要被烈陽和怒火蒸發為鹽漬。

莎楓靜靜地離開了。

•

傍晚，一位騎著棕色駿馬的男人獨自來到了巴丁笛河南岸，看著穿越鬱綠色大地的巴丁笛河，河的兩畔草木叢生，蜻蜓時而點水。

漢人稱巴丁笛河為大甲溪。大甲是「道卡斯」的音譯，因為巴丁笛河以北居住的除了達拉諾干人以外多是道卡斯族，所以如此稱呼。

騎馬的人就是鄭經，它一路從承天府北上巡察，與劉國軒會師。

「大甲溪北即斗尾龍岸社，地險眾強，黥面文身，若魔鬼，殺人為雄，左右社番皆畏焉。沙轆社敗，『大肚番長干仔轄』走斗尾龍岸，唆社番反。」

這是鄭經剛到貓霧捒時所聽到部將的回報。斗尾龍岸社就是達拉諾干村，而「干仔轄」則是「甘瑪哈」的漢語音譯。

夕暮籠罩下的巴丁笛河淒然優美，雖然這樣一條小溪遠不比唐山的大江大河，但鄭經實在很難將這副景色與「黥面文身，殺人為雄」的野番聯想在一起。

一頭無角的母鹿走到河的彼岸，然後步入河中，緩緩渡河。母鹿上岸後抖一抖身上的水珠，毛色反射出夕陽的金橙光澤。

母鹿來到鄭經的坐騎面前，抬起頭，以泉州話問鄭經：「你為何來此？」

鄭經大吃一驚，只差沒從馬背上摔下。這明明是女人的聲音，怎麼會從鹿的嘴裡說出？鄭經勉強維持鎮定，回問道：「什麼？」

「你為何來此？你非生於此，你的父親亦非生於此。此地既與你無干，你為何來此？」

「番人反亂，殺我軍士，故前來討之。」

「此地之民自有主，採食狩獵為生。然而你縱容軍士圈地為田、奪糧削民，民豈有不反之理？速速南歸，莫迨山靈降禍，後悔莫及。」

鄭經勃然道：「本藩將士長驅直入、勢如破竹，渡溪即可滅斗尾龍岸、斬番長。沃土百里，可為農桑，豈容功虧一簣？」

母鹿說：「非你所有，安能取之？你們漢人原居於隔海的廣土，若非你的敵人侵入，你何以流落至此？」說罷，母鹿掉頭離去，游回巴丁笛河的北岸，消失在夜幕星辰與草叢之中。

鄭經猶如經歷了一場夢，騎馬回到了軍隊紮營的地方。在一旁等候鄭經的隨身侍衛馮錫範，見鄭經臉色有異，便詢問之。但鄭經不願回答，只獨自待在營帳中。

老婦在臨時搭建的帳篷裡，抱著她稚幼的外孫女。他們逃到內山已經好幾天了，附近的聚落對於他們都還算友善。男人們不時會到笨港河附近察看漢人軍隊的動靜，但漢人似乎沒有撤軍的跡象。

老婦好思念她在多利達村的一景一物，像是房舍、野薑花、小石子，她真想快點回去。從多利達遷徙的一路上，她都一直在回想外祖母小時候告訴她的話。她總算想起了一些，於是她決定也跟她的外孫女說一遍：

「太陽，是俯視人間的守護神，引導著祖先回家的路。祖先的魂魄在天空中振翅飛翔，祖先的骸骨灑落在寬廣無垠的草原下。祖先憂愁的記憶化作河流，而祖先生前的每一滴喜悅，則化作……咦？……是化作什麼？」

她還是沒想起來。她拚命從記憶裡面翻攪每一個隻字片語，卻苦無頭緒。只有外孫女依偎在她懷抱裡，用她圓圓大大的眼睛，困惑地看著外祖母。

·

漢人已經到巴丁笛河南岸了，甘瑪哈知道。晚上，他獨自到達拉諾干村附近的荒野，帶著佩刀與籐杖，獨自漫步。他撿起地上的一片葉子，夾在嘴唇間，吹出悠長的笛音。那聲音騷動了林間的風聲，二、三隻夜鷺伴隨著發出粗啞的「呱、呱」叫聲。

甘瑪哈停下了吹葉的聲音，有人的步伐聲。他悄悄蹲下身子，一手按住佩刀刀柄，仔細聆聽那輕輕的腳步聲。人影逐漸在他面前浮現、清晰。是莎楓。甘瑪哈吐一口氣，站起身。

「妳到底是什麼樣的人？」甘瑪哈問她。

「就只是莎楓・阿努伊。」她回答。少了月光，甘瑪哈只能看到莎楓朦朧的輪廓，帶著淺淺的藍夜色。「我是達拉諾干的女巫。」

「祖先的山無法行走，祖先的樹木無法奔跑，而我們反抗伊丹的結果，終是活著的人逃離家園，戰死的人在祖先的土地上腐爛、變為白骨。是這樣嗎？」

「祖靈沒有這樣說。」莎楓淡淡回答。

「那祖靈還跟妳說了些什麼？」甘瑪哈稍顯急切地問。

「不要問我。」莎楓以指輕輕按住甘瑪哈的唇，說：「祂們在天上、在地下、在你的皮肉裡攢動、在你的血液裡流動。你聽。」

甘瑪哈閉上眼，開啟心中的窗牖，靜靜聆聽。

他聽到夜鷺的啼叫、夜裡蟋蟀的鳴叫、蛙嘓嘓地叫、和遠處的溪流潺潺。

他聽到植物在夜裡生長、聽到土壤在夜裡嘆息、聽到地底的骸骨喀喀地在扭動。

他聽到多利達村的小孩在唱歌、祖靈在唱歌、草原上的鹿群在奔跑。

他聽到勇士的吶喊、死者底心的哀嚎、颱風、海洋，還有太陽。

甘瑪哈睜開眼，莎楓已經走了，留下他手裡握著的一片樹葉。

・

鄭經的軍隊已經來到了達拉諾干村，也就是他們所說的斗尾龍岸番社。出乎鄭經的意料之外，達拉諾干村竟然一個人都沒有！鄭經親自前去巡察，果真毫無人煙。

太陽已經上升至天頂，灼酷的陽光晒得鄭經的士兵和部將口舌乾燥、燠熱難耐。有人發現了附近的一片甘蔗林，士兵紛紛爭先恐後地割取甘蔗，削皮大嚼。

劉國軒前來，見到卸下鐵甲，滿身大汗、嚼食甘蔗的鄭經，大聲驚呼道：「何為至此？」一見這一帶雜草漫生、無邊無際，隨即命令士兵割下長草，編成一個個圓形的籃子；再叫另一群士兵鏟土倒進草籃中，沒多久就搭建起了幾道環繞周圍的「籃堡」。當初鄭成功圍攻熱蘭遮城時，因為缺乏掩蔽物，士兵完全暴露在荷軍的猛烈砲火下，作戰甚為艱苦，直到有天連夜以竹子搭建了籃堡，鄭軍才得以在能阻擋荷軍炮擊的堅固屏障下作戰。

不到一會，鄭軍就見到周遭忽然有黑煙升起。正當鄭經遲疑時，數以百計的達拉諾干戰士手持火把，從四面八方的草地裡衝出，呼喊著戰鬥的口號，人的喧鬧聲中卻還夾雜著動物的尖叫聲。

鄭軍前排手持長槍，其次是拿著圓形籐牌的士兵與執雲南斬馬刀、戴鐵面、穿鐵裙、不畏箭矢的「鐵人」相互照應，身後則是拿著倭銃的射手。這樣的組合面對清軍以騎兵為主的軍隊時屢建奇功，過去鄭成功甚引以為傲。但甘瑪哈的達拉諾干戰士竟絲毫不感畏懼，發狂般地死命衝向鄭軍。

達拉諾干人縱火焚燒四周的長草，火勢熾烈沸騰。在達拉諾干戰士後方，一名女子手上拿著茅草和獸骨法器，在前方擺開法壇、祭品，口裡念念有詞。煙霧中瞬時衝出千百隻猛犬，群獸目露兇光，和達拉諾干戰士一同奔向鄭軍。鄭軍一名班長提著大刀想要上前接戰，草地裡卻突然跳起一隻凶惡的大黑狗，將他的頭顱撕咬下，血落一地。

鄭軍士兵大駭，原本專門對付高大鐵騎的兵陣，頓時被一群低矮迅捷的猛獸沖亂。狗群在鄭軍當中衝、咬、撕、撞，擅長衝鋒陷陣的籐牌兵和鐵人部隊，竟全然不知該如何對付這群在草煙中急竄的勁敵。甘瑪哈帶著達拉諾干戰士趁勢衝入鄭軍當中，將一顆顆戴著金屬帽子的漢人頭顱從頸上割下。

達拉諾干戰士齊力將一群群散弱的明鄭士兵逼往火窟，籐牌本來容易起火，而在酷熱的天候下作戰，鐵人部隊身上的鐵甲早就令人感到灼燙難受，一靠近烈火，鐵甲、衣料和皮膚瞬時黏著，一個個鐵人紛紛感痛悽厲慘叫。

甘瑪哈一手持刀，另一手握著鏢槍，奮力砍殺。一個時辰下來，明鄭軍被砍死、燒死、咬死、踩死的不計其數。

「煙太濃了！銃兵沒辦法瞄準！」一名皮膚烏黑如碳的黑人士兵急忙跑到鄭經面前回報。這群黑人原本替葡、西、荷等國作傭兵，其中以來自澳門的最多，因為不堪奴役，很多黑人士兵逃到了鄭芝龍手下。黑人忠勇善戰、善使洋槍，深受歷代鄭氏家族的信任。但面對達拉諾干人這樣的攻勢，卻也束手無策。

劉國軒見情勢不利，立刻將部隊撤回籃堡，全力堅守。數百名達拉諾干戰士團團包圍了籃堡，朝籃堡擲鏢、擲石、射火箭，堅固的籃堡仍無動於衷。達拉諾干人嘗試從籃堡間的出口攻入，卻連連被明鄭軍強力擊退。

大火燒到了被割去雜草的籃堡的周圍，便不再蔓延，煙霧野逐漸散去。犬隻們受籃堡的阻隔，無用武之地，紛紛被明鄭軍的箭矢、火銃射殺。鄭軍的火砲也從籃堡內頻頻對達拉諾干人轟擊，死傷慘重，士氣大落。甘瑪哈見籃堡堅不可破，戰士們死傷過半，鬥志潰散，只好忍痛指示達拉諾干戰士們撤退。劉國軒大喜，帶領明鄭軍突出籃堡，追擊達拉諾干人。

甘瑪哈忽然想起，莎楓在哪裡？甘瑪哈回過頭，見莎楓竟然還待在原地，蹲踞在地上，用細線將自己的手指與好幾位戰死的達拉諾干戰士綁縛相連。

甘瑪哈知道這種儀式叫做「壓勝」，原本是以線將病人與豬、雞相連，意味將疾病移轉到豬、雞身上，再殺死豬、雞，使疾病消失。但甘瑪哈不解莎楓這樣做的用意，只是焦急萬分。

莎楓站起身子，面向太陽。

甘瑪哈咆哮。

一枚鄭軍的彈丸穿透了莎楓的背脊，灑下點點紅珠，沾染在點點白斑的鹿皮胴衣上。莎楓倒下，以臥姿躺在土地上，變成一隻靜止的梅花鹿，闔眼沉睡。

夕陽的顏色與鮮血和火焰融合。

達拉諾千村一役，鄭軍雖然戰勝，卻是北上以來傷亡最慘重的一役。鄭經下令焚燒達拉諾千村，這個過去聯盟最強大的村落，一夕間化為焦土。

•

「斗尾龍岸西北行十七、八里，可見鐵砧山。」

擊退大肚番王甘瑪哈的軍隊以後，鄭經和劉國軒的部隊就真的沒再遭遇到反抗了，一路上只有道卡斯人零星的村莊，還有巴宰婦孺恐懼地遙望著這群醒目的漢人。

鄭經率兵登上鐵砧山。鐵砧山，又稱銀砧山，因北為斷崖，遠觀似一巨大的打鐵砧，故得名。鐵砧山雖不高，卻為沿海平原之頂峰，林木蓊翠，鳥鳴悅耳。鄭經見此地居高臨下，正與劉國軒盤劃留百餘名軍士在此屯田，以制蓬山諸番。

少了坦胸紋身的醜惡野番侵擾，明鄭軍在鐵砧山上一連過了幾天，一來是擔心番人再反，以便就近鎮壓；另一方面，鄭經的士兵自承天府一路北上，又遭遇到甘瑪哈的強力反撲，著實是累了，好不容易到了這山林清幽的所在，士兵們豈願輕易動身，回到要與番人雜處的平地？

拂曉，鐵砧山薄霧繚繞，蟲鳥寂寂。明鄭軍正在山上的軍營酣睡，留下一兩位滿是睏意的哨兵在木柵營門旁打盹，火炬未熄。鐵砧山上的空氣全都沉降，降回人世間的生命之地，在樹林間旋轉、撒嬌、磨蹭。在唐山之外，臺灣的芒種時分難得會有這樣的陰陰沁涼。

站哨的士兵感覺耳邊有徐徐的風，傳來徐徐的霧氣、徐徐的樹木氣息。他彷彿還聽到徐徐的歌，徐徐的吟嘆，那是他聽不懂的語言。天空中點點露氣飄降而下，蘸濕他的臉頰、鬢鬚，還有一身沉甸甸的鎧甲。他好想回唐山，他家鄉在福建汀州府，清兵入寇後，他便隨著國姓爺鄭成功南征北討，進出閩、贛，打了海澄、泉州、漳州、潮州、廈門的仗，甚至一路北伐到南京，最後也參與了圍攻熱蘭遮城的戰役。

他沒死，他活了下來，但他今天第一次那麼想念唐山的家鄉。他呈現一種似夢似醒的狀態，耳裡持續傳來那婉綿微弱的異語吟唱，柔柔地包裹住他的心。他的眼前忽然暗下，一陣溫熱的暖流從喉間釋放，像被囚錮已久的釋放。是一個男人，站立在他身旁，雙眼凝視著他，他的眼神像天空中盤旋的鷲，鼻樑像堅毅不崩的山嶺，嘴唇像遠方平直的地平線，呼吸的氣息像冬天時寒冷的北風。

那個男人殺了他，以寬恕、溫和，如同鹿隻的眼神，用刀劃開了站哨士兵的咽喉。哨兵無聲倒下，嘴上的鮮血染出了他的一抹笑容。

「甘瑪哈，祖先的山無法行走，祖先的樹木無法奔跑。野獸將從南方而來，你的肉將被他們所食，你的骨將被他們搭建成巢穴，你的魂魄將被驅趕到你所陌生的山林中。」

甘瑪哈將哨兵的首級放入身後揹著的袋子，手裡握著沾了哨兵溫熱血液的刀，身後跟著四、五十名壯丁，似雲霧般輕巧地步入明鄭軍營。

•

鄭經從睡夢中驚醒，急忙穿上衣甲，抓著佩劍步出帳外，眼前幾百名同樣從帳篷裡驚惶爬起、神智恍惚的明鄭士兵，吃力地抓著利刃抵抗甘瑪哈一群人風一般的來襲。

劉國軒、黃安、馮錫範等多名將領也已經醒來，各自指揮著自己的士兵。鄭經看傻了，拔出佩劍，走向身上灑滿鄭軍鮮血的甘瑪哈。

甘瑪哈認得出來，那個人就是漢人的王。他如刀斬亂麻般地突破幾無抵抗能力的明鄭軍，可憐的士兵紛紛成為了這位白晝之主的刀下魂。甘瑪哈奔向鄭經，身後的聯盟戰士紛紛力竭，接二連三地倒下。他如一頭公鹿，奔馳在聯盟的草原、山林、溪流。

鄭經努力踩穩腳步，舉著劍大步走向甘瑪哈。正忙著穩定軍隊的劉國軒忽然見到鄭經沒來由地走向奔馳而來的番王，失聲啞叫。鄭經的手臂將劍高舉到右肩上方，衝向甘瑪哈，甘瑪哈也振臂橫揮出他的佩刀。

兩刃相擊，甘瑪哈的刀裂成兩片，而鄭經的劍則被震落，從手中摔落到地上，悄然，無聲。甘瑪哈大吼一聲，雙腳一蹬，撲向鄭經，鄭經被壓倒在地上，眼神惶恐呆滯地看著面前的甘瑪哈。甘瑪哈兩腿跨坐在鄭經胸上，兩膝壓制住鄭經的臂膀，鄭經動彈不得。甘瑪哈拾起鄭經的劍，雙手倒握劍柄，高舉過首，閃耀的劍鋒對準鄭經喉間。

明鄭軍諸將領不約而同地命令士兵停止攻擊被包圍的十幾位聯盟戰士；僅存十幾名已準備赴死的聯盟戰士也停止揮砍刀刃，只望著他們跨騎鄭經身上的烈凛。

甘瑪哈銳利的眼神注視著被壓倒在地上鄭經。他仔細看了他的容貌，束成球狀的漢人髮型、端正清秀的眼眉、白紫的唇周遭有幾莖鬍鬚。

他手中漢人的劍遲遲沒有落下，沒有快意地刺穿這白晝邦人心目中異族殘暴劊子手的咽喉，噴迸出復仇的汁液，濺淋到白晝之王的身上。

整座鐵砧山剎那間回歸寧靜，一種有別於拂曉的沉靜。數百對眼睛聚焦在甘瑪哈與鄭經身上，還有甘瑪哈手裡那把鄭經的劍上，沒有人敢放鬆呼一個大氣。野獸。

甘瑪哈手裡沉沉的劍墜下，陷入他的靈魂，靈魂的肉軀。鄭經感到喉上一濕、一涼。劍尖深埋入鄭經頸邊的土地，泉水竟從土地的縫隙裡湧出、源源不絕，最後濕潤了鄭經的衣領、髮、披風。

甘瑪哈站起身，用拍瀑拉的語言，對鄭經說：

「祖靈的大地已經代替你流血。這座山賜予你的人居住，其他你所帶來的事物，請你帶回到你的地方吧。」

說罷，甘瑪哈放下他背負的那一袋漢人頭顱，靜靜安置在地上，再拿起那斷裂的刀刃與刀柄，領著存活下來的聯盟勇士走下山。這一路上，沒有一個漢人士兵阻攔，他們對甘瑪哈投以一種難以理解的目光，送這群被他們視為不服教化的野蠻番人下山。

一隻無角的母鹿來到泉水旁，舐飲著甘甜的泉水，也舔舐著鄭經的頸。

「太陽，是俯視人間的守護神，引導著祖先回家的路。祖先的魂魄在天空中振翅飛翔，祖先的骸骨灑落在寬廣無垠的草原下。祖先憂愁的記憶化作河流……」

一位穿藍色衣裳，包著頭巾的女子，坐在籐椅上，抱著她剃去頭髮，後腦杓結著金錢鼠尾辮的年幼兒子，說著這段他們口耳相傳的話。那是年幼時外祖母對她說過的話，也是外祖母的外祖母對外祖母說過的話，她們都說過的話。

祖先的山還在那裡，祖先的樹木還在那裡啊！

而你要記住：你是肉、你是骨、你是山林中流浪的魂魄。

「別再教囝仔講那些番仔話啦！」她的丈夫挑著擔子，從土角厝外不耐煩地用閩南語對她吼叫。

她沒多理會他丈夫，只顧著繼續和她摳著牙齒、滿臉天真無知的孩子說話，也不知道他是否聽進去了？是否聽得懂？

她要把它說完。

「而祖先生前的每一滴喜悅，都化作大地上的梅花鹿，奔跑、跳躍。」

評析／黃致中

在選集的評審會議，這是唯一讓三位評審無須太多辯論便一致認可的作品。從選題到書寫技巧都有可觀之處，因而這篇作品也是很好的範本，其熟練度與完成度與來稿的平均水平雖有差距，卻絕非無法企及的距離。有志於此的年輕寫作者不妨嘗試分析它的優點，並轉化成自己的養分。

本次參賽稿件多有涉及歷史事件與人物改編，而這篇營造的氛圍是最成功的例子之一，令人切身感到那份歷史的厚重。作者找到的素材其實不脫一般人能 google 到的範圍，但用得非常出色。試著觀察作者是如何挑選並善用這些素材編織出令讀者身歷其境的舞台？哪些是資料？哪些是在此之上賦予情感、更豐富且深入的幻想？對於自身的寫作都有幫助。

這不是那麼單純直白的小說，它至少埋了兩個謎：莎楓為何而死？以及甘瑪哈的選擇是正確的嗎？甘瑪哈最終的饒恕多少令人有些無法釋懷，細想卻會發現這可能是唯一合理的解答，這部分值得讚賞。然而莎楓之死就沒那麼成功，雖然能大致猜想她死亡象徵的意涵，然而處理上略顯粗疏，似乎有些為死而死的刻意感，是個小缺點，但並不妨礙整體的優秀表現，也期待作者在未來能寫出更多的好作品。

硫神

文／許鐘尹（正心高中）

作者簡介

一九九一年生，雲林人，在正心中學待了六年，在政大待了七年，當過華語教師，而今在桃園工作，做新住民與移工的語言培力及交流活動。

中學時期老愛在課堂上寫小說，些許是逃避苦悶的教室，幻想無處安放，而〈硫神〉是那時期最後的產物，投射了嚮往遠行和冒險的自己。現在想起，挺神奇怎麼會有一個給高中職的奇幻小說獎，持續了十年，告訴寫小說的青澀學生你的幻想還有人喜歡，送給畢業生第一筆自助旅行的旅費，還把十八歲的自己召喚到這裡。

迎面而來當年的〈硫神〉作者，我想說：

後來也走得更遠了，看過一些絕景，遠方迷人，而家鄉也有故事還未記下。

後來常寫詩，也寫小說，只是後來的小說總斷斷續續，請別忘記書寫的力量。

後來也社會化了，請別封印肆無忌憚的想像力，以及感受力。
後來的你要記得，硫神就活在你體內。

野草瀰漫到天際，帶點晦暗的灰綠，把他包裹在中心，帶細刺的草已在他身上刮出滿滿血痕。他握緊大刀，全身警戒，因為那清晰的吐信聲、莫名的惡氣、以及草尖的顫動。一股軟膩滑動草間，發出吵雜聲響，而他的刀早已飛去，他開始狂奔追蹤，直到最後一根草劃破他的臉頰，他看到海。野草收攏成一座小島，無邊灰藍將他包圍，岸邊有兩道水波流響，腥穢之氣撲鼻難聞，他緊握大刀，卻戰慄起來。兩條詭異陰森的大蛇自海上現身，一條紅黑花紋相間，一條竟有著凌厲的雙頭，那蛇眼……

天剛破曉，淡水河的波光時而閃動，時而隱晦。

郁永河站立在河岸，迎著晨風敞開衣襟，這海島的暮春已是十分的溼熱。風劃過他的胸膛，只見一只巨大的疤痕爬滿半個胸膛，甚是驚人。

郁永河任眼神迷失在河面上，而思緒正奔騰著。

採硫。受命。黑水溝。臺灣。番人。野草。大蛇。那首詩。小四。

「滄浪。」

想小四，小四便到。小四就在他身後，那雙眼不論何時都是炯炯有神，乾乾淨淨。

「小四，剛作了個夢，胸上這塊疤莫名其妙地發痛。」郁永河笑道：「我夢見我們在黑水溝遇見的大蛇！」

小四道：「奇了，我也夢見了，凶惡的大蛇！這像是預兆！你可知道剛剛……」

郁永河打斷他的話：「大蛇又如何？我向來不信什麼怪力亂神，這世間沒有預兆，有的只是結果，人去努力掙到的結果。」

「信也罷，不信也罷，得告訴你，王大哥的船到淡水港了，人貨平安，只是途中遇到了些麻煩。說了你也不信，他們的船在海上遇到大蛇絞浪，王大哥落海，好在被救起，沒有什麼損失。」

郁永河皺起眉頭，轉了幾個念頭，才說道：「可真麻煩，我要去看看王兄。小四你聽著，等下你先和那通事進去山裡，留意周遭，包括通事和番人，我只可以信任你。」

「好。」小四望向河的遠方，兩座小山矗立，像水寨的守衛。

回頭郁永河便和小四匆匆趕到港邊，小四去收拾行囊，準備和通事張大先帶人到山裡建屋和探路，而郁永河命人去盤點海上來的器具，自己急急來到王雲森的休憩處。

王雲森當初和郁永河一同受命採硫，王雲森走海路，郁永河則走陸路。

郁永河支退其他人，關起房門問道：「王兄，一切還好？」

王雲森面色慘白地癱坐在椅上，答道：「滄浪，一切沒有那麼簡單！有人在阻止我們。」

「你是說大蛇？王兄，這種蠻荒之地有一些奇異的獸類也不足驚訝，牠們老愛嚇嚇來人，好顯示自己的威風。沒事便好。」

「或許牠們是守衛，守衛那……你也知道我倆是背負多大的使命來到這兒，牠們是一大威脅，像是背後有股力量。」

郁永河笑道：「我不信那種神力，也不信真有人可以阻止我倆，想來有這些大蛇也有趣，不險的路我可不走。」

王雲森無奈道：「滄浪你是打熊的壯士，你有你的正氣，我沒有本錢可以跟牠鬥。」

「時候到了便看我的刀！對了，詩的正本呢？」

王雲森從懷中拿出一折獸皮，質地韌而老舊，看來已有些年歲。

「本想說海路較安全，卻更加凶險，感謝媽祖保佑，這皮完好如初，過水不壞。」

郁永河接下獸皮，攤開查看，上頭的古篆字依舊蒼勁，和頭一回所見一樣。

郁永河爽朗笑道：「王兄，我已叫通事先去安排，小四也去了。你好好調養身子，等安排妥當，我們就入山一探究竟。就算大蛇來，有我擋著！」

現在瑪夏是一棵大楠樹的葉子，她瞪著那群人。

那群人砍竹，晒乾草，蓋臨時的屋子，漢人便是如此，不肯等待，那樣的屋子必定抵擋不了大風雨，他們會自我毀滅，不用等硫神出手。

瑪夏認得那個胖通事，每年他都會來到部落一次，眼睛閃著狡詐善變，要更多的鹿皮，更多的土地，他必定已經在硫神手中了，只剩下時間。她也認得那些工人，他們和漢人走得近，快要失去山林的靈魂了，硫神自會放棄他們。

只有一個年輕的漢族男人很奇怪，用靈敏晶亮的眼眸掃視屋子周圍的樹林草叢，就像現在的瑪夏。那個人擁有獨特的氣質和天賦，他不貪求什麼，任何一點得到就可以滿足：工人遞上的酒、飛旋的蝴蝶、斜斜照射在他身上的陽光，他的笑容無邪。如果他是山林裡的人，必是硫神祝福的孩子，但他是漢人，身上沾著詭氣，硫神早已發出追索。

瑪夏瞪著，她大可像獵鹿一樣，獵那兩個帶來禍害的漢人，但她不能，硫神自會決定，要生要死。

就像三個夏天前一樣。

五日後，屋子建成，張大親自再走趟水路，引領郁永河一群人入山。從海路過來的王雲森和顧敷公都同行，只是王雲森心有餘悸而不願出來甲板上，郁永河便和顧敷公一起眺望河景，興味盎然。

「顧伯伯走得比滄浪還遠，也沒有見過那種大蛇？」

顧敷公雖已兩鬢花白，仍是精力充沛的模樣，也是走過許多地方，經歷許多凶險，他笑道：「天下之奇之大，不是人的一生可以見完的。」

這時，張大堆了一臉笑走來，高聲道：「顧爺，郁爺，船剛要過甘荅門，您仔細瞧瞧，鑑賞鑑賞這海外美景！」

天光一暗，船開過甘荅門，兩座小山像大門守衛，河道到此已甚窄，直到天光再現，眼前豁然開朗，一座大湖橫在山巒中，浩大壯闊，湖水甚是清澈，在晴日下閃著晶亮的光紋。

顧敷公遠眺湖面，讚嘆：「這東方小島確實奇妙，那種大蛇我是首次見識到，這湖也是，雖比不上洞庭的大，論不上西湖的美，可它有獨特迷人之處，第一眼就惹人喜歡，它只是它自己。」

「顧爺說得好極了，您瞧這大湖一百多里大，身世也離奇得很，至今也才三個年歲大。」

郁永河奇道：「三年能積滿如此規模？」

張大像是在介紹自家的孩子，興沖沖說道：「郁爺，不是積滿，那幾乎是一夜間發生！這下頭原本是遍平原，河從中流過，是塊好寶地，沿岸還住著番人，有三個番社之多。三年前的初春，忽然天搖地動，連日地震，連港邊都震動了，那些番人慌張起來，陸續遷出，不久，這兒便陷落成大湖了。似乎有股神力呢！」

郁永河和顧敷公嘖嘖稱奇：「滄海桑田，親眼見到滄海桑田了。」

張大指向湖邊淺水處，說道：「瞧，那是竹梢，若是泅水下去還摸得到番社舊屋呢！番人說是硫神發怒，迷信得緊。」

郁永河笑道：「和硫礦有什麼關係？」

「番人相信一切萬物有靈氣，崇拜硫神也是如此。」

「那我們此趟來也要拜拜硫神了，我倒想會會看。」

張大笑道：「硫神我可請不來，可我請到了那些番人，他們就住在硫穴附近，有他們出力是一大助力，我已差人去講，郁爺，顧爺，今夜有好酒可以享用了！」

「好極了！」

當夜，張大召集了附近各番社的酋長來到建屋處喝酒，番人熱情豪放，酒一下肚，便唱歌跳舞起來，不分你我，山林裡的小空地一下子便熱絡歡騰。

張大拿著酒瓢四處乾杯，已是滿臉通紅，挨到郁永河耳邊，高聲樂道：「郁爺，全答應了，那些番人不求金銀財寶，只要衣服穿！一筐硫礦換七尺布，七尺布便定了，您說划算不划算？」

郁永河笑道：「好極了！」說罷，又連乾了幾瓢番人釀的好酒，興致一來便用山歌和番歌唱和，惹得王雲森和顧敷公也一齊加入，十分盡興。

小四吹奏自個兒的短笛，短笛還是取自竹林自製而成，音律不夠精準，但足夠吹奏了。那些鄉野小曲引來一群番人圍著合奏，或拍打樹幹，或敲打竹筒，或是吹奏一種用鼻子吹奏的樂器，或是含著一片葉子發出神奇聲響，好不酣暢！

瑪夏坐在長老呼魯的背後，默不吭聲，用明亮的眼睛望穿全場，眼神停在那個主事的漢人甚久，手中的酒瓢還未乾盡。

呼魯回過頭笑道：「瑪夏，妳不是最喜歡喝酒唱歌？每每要唱到天亮才高興。」

瑪夏淡淡道：「不是和漢人。」

「奇怪呦，一下說喜歡漢人，一下說討厭漢人，妳比漢人還難懂！」

「不，呼魯你看，這些漢人身上帶著詭氣，硫神已經插手，他們是要帶來災禍的！」

「那我們就沒什麼好擔心的，漢人的命交給硫神，我們今晚的命是好好喝酒！」

呼魯拉住走過的張大，在他耳邊喊了一些話，張大應好，踏著醉步離開。

「你說什麼？」

呼魯笑道：「叫那兩個漢人陪妳喝酒唱歌！妳聽，他們還唱得不錯呢！」

瑪夏起身要走，但張大早已抓了郁永河和小四來到，還順道拉了瑪夏的手。

「郁爺，四爺，這是呼魯，他說一定要介紹瑪夏給你們認識，她是整座山唯一會說漢語的女人，歌也唱得好聽。」

郁永河笑著向兩人敬酒，小四也敬了，只是他沒像郁永河那般醉，他悄悄打量眼前的兩人。小四只見一個老人，老得分辨不出男女，刺青花紋深埋在皺紋裡，眼神卻閃爍智慧；那個叫瑪夏的女孩，不過十七八歲，紅潤的臉色也刺有繁複的花紋，像一隻蝴蝶要翩翩飛出，眼神晶亮如那座大湖，不過現在卻明顯帶著敵意。

張大又同呼魯說了些話，用一種郁永河從沒聽過的語言，呼魯哈哈大笑，接著高聲唱了首歡迎歌，瑪夏不情願地合唱了幾句，呼魯各和兩人乾了三大瓢酒才罷休，轉向其他人邀酒。

郁永河帶著醉意，附在小四耳旁笑道：「張兄說這些番人都是女人當家，臉上花花綠綠的，強悍得很，千萬別亂惹！」

瑪夏已經聽見，冷冷道：「漢人又怎樣？男人又怎樣？漢人不會在山林奔跑，男人又不會生孩子。」

郁永河挑起眉頭打量瑪夏，笑道：「我們會在山林裡開路，穩穩地走在路上，再說生孩子這事也少不了男人。」

「開更多的路，殺了那座山。硫神一定會懲罰你們這些沒有靈魂的人！」

「又是硫神！哈！我等著。」郁永河微微一笑，逕自走開。

小四忙說道：「喝醉說的話不算數，姑娘別放在心上。」

瑪夏冷冷瞪了小四一眼：「我叫瑪夏。」

小四微笑道：「瑪夏，我叫小四，其實滄浪很好相處的，只是他一喝醉就愛和人鬥嘴，他不相信什麼神力，他只相信人自身的力量，他就是這樣的一個人。」

「那他也等著，硫神會教他知道。」

「其實我是相信冥冥之間的天地力量，硫神也好，神仙也罷，不管叫什麼它都存在，它在中原，它也在這裡，它就造出多美的大湖啊！」

瑪夏不以為然道：「美麗總伴隨凶險。」說完，也逕自走開。

小四聳聳肩，回頭加入歡騰的樂音之中。

這裡的野草長得十分高大，人走在其中完全被掩蓋，風吹得大點，就完全聽不見人聲，很容易就迷失在漫漫野草中，也成了很好的說話地點。

郁永河在前方開路，王雲森跟在他後頭，草剛被撥開，隨後又闔上，來路轉眼就不見。晴空萬里，只有他們兩人，其餘只剩吵雜的蟬聲。

「滄浪，再走下去我們就回不去了。」

「王兄，你可知道，我身上有天生的指針，不怕找不到路。」

「夠了夠了，就在這裡吧！」

「好吧！」郁永河砍出一片地，笑道：「偷偷摸摸的，可真好笑。」

「滄浪，這是皇命大事，當然要小心為上，失手可是會掉頭的！」

「知道知道。」郁永河摸出那折獸皮，攤在地上。

那獸皮上頭用特殊的染料寫了兩首律詩：

五月行人少，西陲有火山。
孰知泉沸處，遂使履行難。
落粉銷危石，硫磺漬篆斑。
轟聲傳千里，不是響潺湲。

造化鍾奇構，崇岡湧沸泉。
怒雷翻地軸，毒霧撼崖巔。
碧澗松長槁，丹山草欲燃。
蓬瀛遙在望，煮石迓神仙。

郁永河又讀一遍那詩，說道：「說真的，我不相信有什麼成仙。」

「成不成仙不是我們凡人可以妄想，找到那石頭最重要！」

「所有的線索都指向了硫穴，我們早晚都要走一趟，我也想看看是如何的壯觀。」

王雲森面有難色道：「又是落粉毒霧又是沸泉怒雷，到時候又跑出大蛇來，說不定那正是大蛇的巢穴！若不是有皇印在上，我還以為有人要害我們呢！太可怕了這鬼地方！」

「那我自個兒去吧，明天就出發，一拿到手你就帶回中原去。」
「甚好甚好，說真的我待在這裡渾身都不對勁，回家最好。」
「我回家才不對勁呢！王兄，說真的我覺得愈來愈有趣了！」

風在樹梢，小四也在樹梢。

小四眺望遠方，這裡望得見大湖的一角，也望得見綿延的野草叢，後頭是山林，有野鹿在探頭。小四享受這一切，怔怔出神。

硫穴。野草。大蛇。大湖。野鹿。蝴蝶。滄浪。王大哥。顧伯伯。張通事。瑪夏。

青色的蝴蝶飛出，追逐那隻野鹿，快速飛旋。那是瑪夏，山林的女孩，帶著狂野和敏銳，所以她止住步伐，發出一支快箭。

箭就射中小四臉旁的樹幹，小四哈哈大笑，喊道：「瑪夏，好快的箭！」

瑪夏仰頭瞪著他，小四人在極高的樹上，層層的葉子遮住他。

小四大喊：「要不要上來？上得來嗎？」

瑪夏一惱怒，三兩下就攀上樹梢，看見小四的笑臉。

「爬得好快！」

瑪夏拔開她的箭，仔細查看，不去理會小四。

「我有個問題，妳怎麼會講漢語？」

瑪夏望了他一眼，隨口說道：「就像你為什麼叫小四。」

「都是有原因的，我從小就在郁家生活，算來是郁家的第四個孩子，所以大家都叫我小四。老實告訴你，其實我是寄人籬下的故人之子，我爹爹很早就死了，老爺收留我，滄浪也對我好，我很感謝他們，實在沒資格說他們欠我什麼。」

瑪夏沒想到他忽然說出一串話，眼神真誠，弄得她無法轉身離開。

小四笑道：「這下換妳回答問題。」

瑪夏停頓了一會兒，才說道：「說給你們這些小辮子聽也不懂，反正祖爺爺已經死了。」

「什麼祖爺爺？」

「祖爺爺教我漢語，我教祖爺爺在山裡生活，祖爺爺說他是大明帝國的子民，他常說鄭家的人不是東西護不住大明，滿清小辮子更加不是東西，是賊。」

小四默不作聲，心想八成是鄭家流放到北方荒地的罪犯，不容於鄭家且一心還想著要反清復明。

瑪夏喃喃：「祖爺爺也不是東西，他留下瑪夏一人，把自己祭給硫神。」

「什麼意思？」

瑪夏不願再說，話鋒一轉：「換我問了，你們來這裡有什麼目的？」

小四笑道：「採硫磺做火藥，你們不都知道了？」

「不，不是，你別以為我們什麼都感覺不出來，你們有真正的目的。」

「我不知道。」小四眼神一暗。

「郁永河不是你的兄弟嗎？」瑪夏望向草叢，那兩個人可以躲過漢人，卻躲不過山林的眼睛。

「滄浪做他的大事，我做我的小事。」

「你們漢人的事最好別越過來，我知道他在找一個東西，關乎硫神。」

「每個人都在找東西。」小四漫不在乎。

瑪夏冷冷望了他一眼，腳一蹬，人影便跳到另一棵樹走了。

小四笑了，反正他太明瞭郁永河，他那種人永遠只在找一樣東西，那便是凶險的樂趣。

明日，郁永河、小四和顧敷公三人前往硫穴一探，那路也不好走，先坐番人的蟒甲溯溪而上，再轉為崎嶇的小路，其實也不算是路，前方滿是帶刺的野草，由番人砍棘帶路。炎陽曝曬在草上和身上，熱氣蒸騰，悶人難受。

這三個人都是走遍許多山水，也沒多抱怨，顧敷公在前方和引路的番人同行，饒富趣味地研究他們的食物，郁永河和小四落在後方，聊得起勁。

「小四，硫穴那看完，我們就去大湖游泳！潛下去瞧瞧看看，聽張兄說還見的到番社呢！果真是滄海桑田！」

「確實神奇，我覺得那大湖挺漂亮的，滄浪寫首詩吧，當是送我。」

「寫詩要好心情，也要好靈感，像我現下想到的詩句是：『不重生男重生女』，剛好就用在那些番人身上，貼切得很。我想想……不重生男重生女，家園原不與兒郎！」

「用字很貼切呢！」小四笑道：「昨日我又遇見瑪夏，她跑得和鹿一樣快！」

「當然當然，我還記得她說我們不會在山林奔跑，說硫神會懲罰我，我今天就要一瞧硫神的真面目，究竟是有多厲害。」

「滄浪，你這人天不怕地不怕，不是常人。」

「你怕嗎？不過是硫磺，它有毒氣穢氣暑氣又如何，我們有正氣在身。」

「『天地有正氣，雜然賦流形。下則為河嶽，上則為日星。』硫神算是河嶽的部分，也是天地正氣。」

「那可有得鬥了！有趣！」

這時前方傳來呼聲，說是已經出了野草叢，兩人向前奔去，只見景色一轉，眼前是蓊鬱的深林，樹木高大，葉子也巴掌似的大，藤蔓攀附，好像一條條的蛇棲息在上頭，涼風迎來，吹去了熱氣。

「小四，這海島千變萬化，值得挑戰！」郁永河率先奔入林裡，像個孩子。

顧敷公見狀笑道：「滄浪永遠是個活力充沛的孩子。」

小四笑道：「也是個浪子，他是不長根的，適合四處漂泊。」

「但人總要有塊地紮根，漂泊到老可孤獨了。」

「顧伯伯是過來人。」

「小四，你呢？滄浪不長根，你有。」

「可找不到地。」小四一笑，說道：「咱們走吧，滄浪在招手。」

一行人走進深林，越過了五六座小山，終於遇到那條大溪。

大溪十分寬廣，溪內有許多靛藍色的大石頭，水聲潺潺，還冒著熱氣。

郁永河上前試探，指頭一觸水便彈開了，比他想的還熱多了，還透著青色，郁永河回頭笑道：「這水可以煮雞蛋了！」

三個人做了竹杖準備過河，那幾個引路的番人卻不肯前進，只比手劃腳地指了個方向，要他們自個兒去。

「罷了，大概是怕硫神吧！拜硫又怕硫！」郁永河率先跳石過溪。

「奇了，那他們怎麼採硫？」顧敷公跟在其後。

「顧伯伯，張通事說硫穴不止一處，這裡是最大最壯觀的一個。」小四最後過溪。

三個人過溪前行，林木漸漸稀疏，腳底下也愈來愈熱，地上的草都枯萎了，好似下頭有個火爐在燒；向遠方望去，白煙縷縷，直和天上的雲絞在一起。忽然一陣陰風撲面而來，硫氣逼人，惡臭沖天。

「想必那兒就是硫穴！」

再過去愈行愈熱，愈走愈險，愈接近硫穴，氣氛愈是詭譎莫測。

山石開始變色，到此已是草木不生，硫氣常年侵蝕，四周的石壁爬滿有顏色的花紋，下方滿是剝落的石粉。再往前看去，五十多道白煙從地底蒸騰出來，便是硫穴，有些孔洞還噴發出沸泉，有一棵大樹之高，惡臭逼人。

「地獄！多像地獄！」郁永河語氣興奮，一點兒也不感到小四和顧敷公般的震懾，而是新鮮好奇。

郁永河走向石壁，伸手摸摸那硫紋，心裡默唸著那詩句：「落粉銷危石，硫磺漬篆斑。」形容得好生貼切，像一帖篆字，天書般的無人能懂。

郁永河轉身向白煙冒出處，捲起衣袖往前視看，忽然一陣地震伴著怒雷的聲響，郁永河差點站不住腳，隨後他聽到小四的驚呼。

「滄浪！後方！」

郁永河回頭，有著紅黑花紋的大蛇正瞪著他，鮮紅的蛇眼憤怒而陰險，毒牙顯露，幾乎和郁永河的手臂一樣長，一樣粗大。

「嘿，我就等你！」郁永河抽出大刀，氣勢凜然。

大蛇昂首，陡然往前撲去，郁永河跳向一旁石壁，雙腳一蹬，大刀砍向大蛇的頭頸。大刀噹的一聲，竟砍不下去，那蛇的鱗片堅硬無比。

大蛇發怒地絞動身軀，瘋狂掃動，郁永河翻倒撞地，不遠處的小四和顧敷公也被掃到，四周霧茫茫一片。

那蛇似乎衝著郁永河來，就朝著他咬去，郁永河奮力一滾，避開了蛇卻避不開沸泉，肩上被狠狠燙傷，郁永河顧不得傷，急忙抓著大刀，閃入石壁後方。

小四拉開弓，連發數箭都無效，一箭瞄準其中一個蛇眼，剛要發箭，大蛇就竄到他面前，毒牙已經近在小四眉梢，小四棄弓箭，翻身一滾，拖著顧敷公躲到巨石下。

這時，郁永河從天躍下，一把大刀直搗鮮紅的蛇眼，穩穩沒入，郁永河也重重地摔在地上。

那大蛇卻絲毫無事，蛇眼帶把大刀，更加發狂起來，蛇身掃動如地震。

郁永河大喊：「怪物！小四，我引開牠，你先帶顧伯伯回去！」

「可你……」

「走！」

郁永河拔腿跑向硫穴對面方向的溪流，大蛇發狂跟在其後。

郁永河感覺自己像是在一個沸騰的鼎鑊上奔跑，硫穴的蒸氣像有毒的火燄，掃過他的臉，在他腦中嗡嗡作響。大蛇窮追不捨，那溪流聲轟隆如雷，郁永河見到冒煙的溪水，那溪水轟隆往山谷下傾倒，郁永河別無選擇，狂奔跳下瀑布。

起初渾身燒燙，最後冰冷徹骨。

郁永河一直在作夢，夢見那隻在他胸膛留下疤的瘋熊，夢見大湖，夢見火燄和寒冰。他可以聽見四周的呻吟聲，還可以聞到硫磺的氣味，還有雨的氣味。

郁永河聽見小四在說話：「滄浪，呼魯和瑪夏來治療你。」

郁永河感到粗糙的手掌在他身上抹一種膏藥，涼冷刺痛，瑪夏唸著低沉的咒語，呼魯也唸唸有詞。

郁永河覺得自己陷入大湖旋渦中，他的意識就像硫穴的煙，蒸騰不見了。

郁永河醒來已經過了整整四天時間，四天都在反覆發燒和昏迷，而許多隨行來的漢族工人廚師也依序得了風土病，一屋子都在呻吟病榻。

小四的臉色看起來也不好，但他十分高興郁永河終於醒了。

「滄浪！」

郁永河勉強坐起，問道：「小四，顧伯伯還好？」

「顧伯伯受了點傷，坐船回去了，王大哥也是，他直說他遇見可怕的雙頭蛇，加上他也得了風土病，身體和精神都很糟，顧伯伯只好把他也帶回去。」

郁永河點點頭，問道：「採硫如何？」

「勉勉強強。」

小四直視著郁永河，問道：「你究竟在找什麼？」郁永河一怔。

「滄浪，那大蛇衝著你。」

「小四，我不能說，我承諾過的。」

「你為什麼總是拿命去玩？大熊那次也是，這次你差點把自己和別人的命玩掉！」

「小四我很抱歉，但我如果不做，大家的命都沒了。」

「就算是我也不能說？」

「是。」郁永河說道：「這是一條只能前進的道路，前面有大蛇，後面沒有退路。」郁永河想起出航那晚的夢境，現在他也被困在小島上了，海裡是大蛇。

小四頭也不回走出屋子，郁永河忽然覺得一陣疲累，好似他這幾年走的路所累積的疲勞全都一次回報在他身上。

這幾日忽然下起大雨，濕氣甚重，茅屋漏水如瀑布，郁永河就窩在簡陋的榻上望雨水，那榻上還長出了青綠色的草，拔了又生，乾脆就任草橫生，就睡在青草裡，他覺得自己好似活在世界之外。

小四沒有再問他問題，人老是往大湖邊跑，下雨也去。

雨天倒是來了訪客，瑪夏從屋上的破洞一躍而下，渾身濕淋淋，更顯得她臉上刺青的深沉和美麗。

「郁永河你究竟在找什麼？」瑪夏的語氣咄咄逼人。

「你怎麼和小四問一樣的問題？我還是不能說。」

「我剛見到那大蛇了，牠們就要來了！牠們是被召喚出來的，守護某種東西，或是追殺某種東西，你若是拿了什麼就還回去！」

「我什麼都沒拿到！」

「那是非常邪惡的靈！足夠毀掉整個山頭！牠衝著你來！」

「我知道，所以幫我，如果你可以治好我，那一定有力量可以殺了那蛇！」

瑪夏冷冷瞪著他，在雨中更顯得冰冷無情。

郁永河大聲起來：「瑪夏！幫我！不然大家都會死！不是大蛇，是軍隊的大砲！他們會殺了所有人，懂嗎？」

「你是很有力量的人，可惜沒有智慧。」

「瑪夏！」郁永河跳起來抓住瑪夏的肩，說道：「我需要更多的力量，幫我，我願意獻出自己的命。」

瑪夏沉默許多，才說道：「你求硫神，是硫神治好你的。」

「什麼意思？」

郁永河看見瑪夏的表情妥協了，她說道：「刺青是種儀式，力量的契約，守護的契約，一種複雜的關係，很難用漢語講。」

「我明白，那就刺吧。」

瑪夏說道：「要在有月亮的夜晚。」

「不能等了！」

「只能等。」

郁永河望著天上朦朧的月，感受到清晰的刺痛，小四壓著他的身子，瑪夏正專注謹慎地在他的胸膛刻上花紋，覆蓋過大疤，也把他的靈魂刻入硫神裡。瑪夏說不夠格的人會承受不了力量而發瘋，郁永河卻只感到一片空靈。

刺完花紋，小四和瑪夏用冰冷的湖水洗淨他的身子，郁永河仰臥在月光下，那花紋像硫穴的煙旋轉，體內好似真有股熱氣在翻絞蒸騰。

四下的夜異常的靜，像是暴風雨前的寧靜。

小四忽然開口：「要多少的靈才能召喚大蛇？」

瑪夏答道：「我也不知道，整座山吧。」

「一個陷落成大湖的地夠不夠？」

瑪夏瞪著小四，一付不可置信。

「這樣線索就牽起來了，有人為了召喚大蛇而造成大湖，但他的目的是什麼？」

瑪夏沒有說話，她這時才完全明白：祖爺爺的話在說什麼，祖爺爺的意志有多強。

沒有人可以毀滅祖爺爺，除非他自己獻上！

大風大雨，大得嚇人，天地混沌不明。

郁永河立在湖邊的峭壁上，就等大蛇來。

雨水模糊他的視線，他隱約看見一個老人也曾站在這裡祈求，求硫神給他力量。

兩條大蛇從樹林裡現身，一條紅黑花紋相間，一條有著雙頭，緩緩爬行過來。

「很聰明，從那裡逼我。」郁永河張開雙臂，大喊：「要來便來！」

就讓硫神結束這一切，從哪裡來的回哪裡去。

大蛇昂首發怒，張嘴露出毒牙，就算在大雨中也顯得巨大驚人。

郁永河握緊手掌中的火藥球，當大蛇急竄向前，他也朝大蛇狂奔，郁永河感到硫神就在他體內，流轉翻騰，給他力量！

郁永河大吼一聲，側身落地滑行，火藥球劃過地表，引線剛擦出火花，郁永河就已鬆手，那時火藥球已落入大蛇的口中，跟著大蛇掉落那座造出牠們的大湖。

轟隆爆炸，天地震動。

郁永河伏在地上，雨仍下著，硫神在他的體內搏動。

郁永河明白了，這最終的目的不過是要殺一個人，那個最想求得長生不老的人，只要他拿著獸皮來，不管有多少衛兵，大蛇都會吃掉，他一來就活不了。那個老人花了極大的代價，祭他的大明帝國。

兩條大蛇的屍骸浮在陰冷的湖上，只剩兩抹紅光閃著，是那黯淡的蛇眼。

一切都結束了。

有一夜，瑪夏望著月下的大湖，娓娓說出一個故事。

「我們的先祖是落在山頂的雨珠，幻化成人，所以山上的雨是祖靈說的話，白霧則是硫神說的話。我們都是一滴雨珠，自天上向下飄落，不管如何，總會找到歸屬之地，然後將自己的靈魂還給硫神。」

「很有意思。」郁永河微微一笑，小四也笑了。

然後郁永河走了，小四選擇留下。

十月的一個清晨，吹東風，郁永河乘船離開這海島。

這趟航行，沒有大蛇，沒有小四，只有一身刺青和兩顆蛇眼石頭。

那座海島橫在遠方，將要隱去了，但郁永河知道小四和瑪夏還望著，他真心誠意地敬了海島三杯酒，敬硫神，願它祝福小四和瑪夏。

郁永河忽然想起瑪夏說的故事，泛起一抹微笑。

我們是雨滴向下飄落，總會有歸屬之地。

他明白的，小四滴在大湖裡，瑪夏滴在山林裡，而他自己滴在大海裡，漂泊。島已看不見，郁永河感到胸膛上的刺青在冒火，他能感覺那巨大的古老脈動牽動自己的心跳，遠在天邊又近在咫尺。

從前，他相信人可以征服一切；而今，硫神就活在他體內。

評析／楊双子

以十七世紀末領命來台開發硫礦的郁永河為主角原型，也以郁永河的採硫旅程作為故事背景，〈硫神〉著力於原住民族、地理風貌、族群互動、文化衝突，以及虛構的神怪想像等細節，真正開展了史書裡顯得安靜平淡的這場「郁永河採硫歷險記」。

本作的奇幻設定或許並不出色，然而透過角色設定的調整，比如創造具有魅力的配角、強化史實人物原有的冒險色彩，不僅使得郁永河這位冒險旅行家的性格面貌更加立體生動，也推動一個冒險故事的跌宕起伏，這篇小說的娛樂性與辨識度就明顯上升了。

在此也提一下缺點，〈硫神〉以原住民族與漢民族的衝突為核心架構起全篇小說，既然主題如此，對白操作上如能更細緻掌握兩個民族語言的差異，將會令本作更顯縝密，也能增加趣味。

煙火

文／許皓鈞（彰化高中）

作者簡介

許皓鈞，一九九四年九月生，彰化鹿港人。

時光飛逝，打開二〇一二年的自介，發現自己也沒變多少，日常休閒依舊是英雄聯盟，最欣賞的樂團還是 Tizzy Bac，只可惜已經休團，再無合體的機會。興趣廣泛，這些年沒有定下心來在紙上著墨，社團一個玩過一個，學測失守，指考硬是攀上東吳政治，意外的跟筆下的角色重新連結。偶爾跑跑營隊、走上街頭，休學去幫議員輔選，上了大學還是不好學。

奇幻文學，本來以為我是來寫奇幻的，為了與現實混雜、增添神祕色彩，搜集人物生平，挑出適切的來搭配即可。怎知一查下去不得了，現實總比故事還奇幻，陳文成的生平，遠超過我奇幻想像，索性大修篇章內容，盡我所能來襯托文成的奇幻。

後來發生了很多事，文成的名字一再被提起，早前的太陽花、近日的大選，甚至當文成出現在某商家廣告上時，我總會說說我的看法，然後暗自發問「如果是你，會怎麼做？」

二〇一九年，收到呂主任的邀請，奇幻十年，原來十年可以這麼快，快到我來不及準備，告訴大家這些年有哪些長進，但當年下筆的感觸卻越見深刻，寫作對我最大的影響，莫過於讓我認識一個人，他進入我的生命，成為我的思考的一部份。你的時光停在青春的三十一歲，我希望可以帶著你，走得更遠更遠。

從窗外望出，密密麻麻的道路網格與模糊的高樓大廈漸漸清晰，好久不見的台北，台灣，我終於回來了。六年多以來的研究歷程，如今回想起歷歷在目，當初一起做研究的夥伴們，不曉得現在還過得好不好，數據收集是否還順利，此次回來為的就是比對數據的正確性，如果證明推測無誤，那可就是不得了的新發現。就一個月吧，再多，就太危險了，從四個月前的血案來看，政府這次看來是要斬草除根了。

還記得六年前，我和幾個研究所的學弟，雖然都在著手不同範圍的論文報告，但卻因為一個成果可能超乎想像的研究，將我們的未來串在一起：

大學時代的我就讀台大數學系，專攻機率統計學，因為單純的想試看看會不會收到外星人的訊號，而架設了許多雷達接收器，還差點成為同學的笑柄，儘管如此，我還是定期分析數據，但就算去除一些雜訊，所剩的不定期波動依舊讓我想不出個所以然。那時候只有一個人沒有嘲笑我，沒人記得他的名字，只知道他有個外號叫天才，他做的研究很有趣，是在點燃線香之後，分析燃煙的形狀，試圖找出與其相關的變因，據他所說，他某天去廟裡拜拜的時候，發現許多香的煙形都很相似，所以就決定著手研究，果然，這種研究只有天才想得到。

這天中午，好友們又在實驗室的一角，背靠長桌，一邊吃著學校附近有名的雞腿便當，一邊用偷接天線的電視看午間新聞。

「天才，還在做實驗唷，先過來吃午餐了啦，啊，忘了你只能吃素。」阿肥興致勃勃的啃著雞腿，露出幸福笑容。「最後一組了，等我記錄完煙形就過去。」天才一邊拍照一邊比對舊有的分類，我也趁著他在收拾的同時，有模有樣的研究他所標記的各種煙形，等著將手中的便當遞過。「你也有興趣嗎？這幾支還沒燒完的給你配飯吃，讓你看個夠。」天才說完後便從我手中接過素食便當，加入關注國家大事的行列。其實觀察煙形還頗有趣，看著它在空中盤旋，千變萬化，看著看著我都出神了，回頭看看牆上那些天才出外記錄的照片，煙形清一色成同一軌跡，乍看之下還真有其事。

一回神，他們又在對著電視上那些官員批評了，唯有天才不為所動。他就是這種人，很聰明，也很懂得明哲保身，天曉得這個沒有言論自由的年代，每天在同一層樓做實驗的人會不會出賣你，不過我們幾個好友交情都很好，要防也不至於防到我們身上呀。不過說真的，對於他的實驗，老實說我真不曉得能有什麼規律、能分析出什麼公式定理，天才一世英名，搞不好就要斷送在這個無厘頭的實驗研究上了。突然間靈機一動，我拿起手邊的線香，裝在試管架上，在長桌上整齊的擺在每個人身後，小心翼翼不敢呼吸的拍了一張。

「你們過來看一下。」正當他們討論的正激烈的時候，被我顫抖的聲音打斷。四五顆腦袋湊在我身邊，仔細的研究著我剛剛用天才相機拍的照片，「你們注意看煙形，可能有大發現了。」天才也發現了相片中不尋常之處，每個人身後的煙形竟然都有著類似的軌跡，從燃處開始有劇烈的振動，上升四、五公分後趨近穩定，但卻不時微小振動，彷彿欲掙扎而無力擺脫，唯獨天才的煙形與人不同，模糊，小幅度的扭曲甚至交纏。「這一定是因為某種明確變因所造成的！只要……」我話還沒說完，便被人搶著接了下去，「該不會……你看！天才跟別人都不一樣！」阿肥指著天才的手上說：「沒錯，一定是雞腿的關係！」

正當猜測的同時，天才忽然抬頭，大家順著它的視線望去，正好看見天才上次中元節去廟裡拜拜順便拍下的照片，同樣的，畫面中的煙形也神秘的全部呈同一軌跡，「難道這跟人的心情有關？天才就是只能吃素食便當心情才會這麼鬱悶糾結！」「這下真是大發現了！」正當大家討論的正熱烈，我忽然像洩了氣一般說道，「可惜我明天就要出國了，沒辦法繼續和你們一起做研究……」天才眼神忽然放亮，「文成哥你放心，你的份我們一塊幫你做！你儘管去做電波的實驗，把博士學位拿回來吧！」

時間過得飛快，我在國外也待了五年半，不比家鄉，正值春節時刻，卻沒能有家人團聚圍爐，唯一能平復思鄉心情的，莫過於仍然在傳真上保持聯繫的好友們了，「過年過節的還聚在實驗室裡做實驗呀？怎麼不在家裡多待幾天？」天才回覆，「你從國外傳回來的數據有很強的規律性，大家看了都興奮得不得了，誰還能在家裡待得下去呀，稍等一會，快分析完了，檔案會直接傳送過去。」看著畫面上從零到一百的進度條不斷往前邁進，我心卻開始不安的跳動，直到傳送完成，我看著畫面陷入思考的同時，天才問我，「七天一次循環，這到底是？」突然靈光一閃，「天才，把我出國前的資料傳送給我。」

禮拜天竟然是真的，在國外，人們為了表達心中的意念，每個禮拜日都會集中到教堂來做沉思冥想，所以每七天便會有一次電波的高峰。然而在台灣只在逢年過節才會到廟宇中祈禱，雖然時間不固定，但是在台灣的電波強度卻遠比國外高的多，這到底是為什麼呢？難道這其實和天才的研究有很大的關係？我才思索到一半，天才便說話了，我的直覺告訴我，他也想到了我正在想的事。

「成哥，我們做這個研究，是不是很危險！」

那晚，我打了通電話給大我幾歲的高中學長，說了這件事。

「學長，你投身於民主這一塊應該很了解，在這個年代，如果表達出了政府不喜歡的意見，那是有多危險的事情。這幾年下來，人情澆薄，能信任的只剩你了，如果哪天我遭遇不測，請你務必保護好自己，讓世人知道我們的努力，瞭解是什麼樣的背景讓我們必須如此努力。像這個月底的林宅血案，若沒有你們這些不受政府管轄的雜誌社，用無情的砲火對政府大肆批評，根本無人知曉。時代在變，萬事拜託！」

六年後的現在，帶著妻小走出機場那一刻，感覺真是美好，與五大湖的溼冷鬱悶相比，台灣的夏日著實令人安穩許多，期望留在台灣的日子能夠平安度過。雖然這次

回台是以探親的名義，不過政府那幫人想必已經開始對我進行調查，還是小心點好，

我摸了摸口袋裡的護符，搭上計程車，想起離開美國前的最後一個夢：

明天就要上飛機了，最後一晚我決定留戀於實驗室裡，礙於手邊的數據都已經整理完畢，我便隨意做了幾劑簡單的配製，過過乾癮。可能是我做得太入神了，以至於沒發現一位年近五旬的老先生在旁邊已觀察多時，我心想，這麼晚了，是誰還會出現在實驗大樓裡呢，雖然忙於手中的實驗，即便我不愛搭裡，但我還是禮貌性的問候，「請問教授您是哪個科系的呢？」那老人回答，「跟你同個科系呀，你真有實驗天份呀，跟我年輕時一個樣。」雖說我很有天份，但他說出稱讚時，卻正好是我實驗停頓下來的時刻，顯得諷刺，正當我感到疲憊、打算放棄的同時，「真有天份，不過左邊第三支試管再多一點點硫化鈉就更好了，中間這排試劑互相搭配也都能有不同的效果，最厲害的你手邊這一劑，只要再滴上一點……脫水成粉後可是不得了。」我呆呆的躺上一旁的座椅，用疲憊的眼神看著他一步一步的完成動作，意識模糊，漸漸睡去。一道強光照的刺眼，天亮了，只見實驗室被整理得一塵不染，而我昨天隨手丟在一旁的大衣外套也蓋在身上，一切如夢。

當我回想完，車已經緩緩駛近通往老家的最後一段路了，沿途鄉里放鞭炮迎接，村裡出了個外國博士，那可很風光的事。才一進家門，便看到家人迎接，門外不遠處放了一個大金爐，門口還擺了一火盆，老媽子還端了一碗豬腳麵線，一連串的陣仗顯

然是家鄉用來去霉運的習俗，我才想問老弟發生什麼事，便看見他使了眼色，向我示意先別發問。一進門便先跨了火盆，然後對老祖宗上香報備子孫平安歸國，看著不知名的煙形，我無奈的笑了一笑，隨後同老弟兩人到門外去燒金紙，「哥，政府最近非常大動作的在掃蕩你們這些『有想法』的人，這些日子也常有人來家裡問東問西，村裡甚至還常常出現不認識的陌生臉孔，你得多小心一點，我看你要不要燒一些身上的東西來保平安呀。」說到這，手中的金紙也燒得差不多了，我默默的摸了口袋，拿出一包看似前幾天做實驗的混合粉末，心想，「怎麼會帶著這種東西呢，反正我都是用無害成分在調劑，燒了算了。」便順手丟進去化掉了，隨後我倆一起步入屋內，突然一台車呼嘯而過，一聲巨響，整個金爐被撞翻，連老弟都嚇傻了眼，差個幾秒鐘就要魂歸西天了，我還來不及出去找那車主理論，車就頭也不回的開走了，當我想認清開車的人是誰，定睛一看，卻只看到駕駛座一片模糊，心中不住冒出一個不安的預感。

•

「事情辦完了嗎？」微弱的光線從唯一一扇窗照進來，房內只有一副桌椅，發問的人正坐在那張氣派的大椅上。

「是！」回答那人畢恭畢敬的跪在地上。

「我很好奇你怎麼完成的，依你個性不可能親自動手，此事不得張揚，你又怎能在大白天完成？莫非是假意外？」大椅上位逆光，只看見淺淺的皺眉。

「我師父鑽研道術數十載，此次用的是替身術，絕不可能被查到什麼關聯。」

「我信任你，但替身畢竟只是捆貼了符咒的稻草，你怎能肯定不會失手？」

跪地那人才正想接著回答，便有一人推開房門低聲。

「報，目標還活著，在往學校的路上，應該是要去實驗室與同伴會合。」

聽到消息，跪地者連頭都磕下去，不發一語。

「給你十天，大不了等你師父調查完那個『命格帶火』的人回來，再一起做個了斷便是，我也清楚你只是用你師父的法器來做任務，不會太為難你的，盡力就好，嘿，盡力就好，是吧。」

「是，小的一定全力以赴。」跪地那人說完，低頭顫抖緩緩的退了出門。

•

「好久不見了大家。」

實驗室裡，當初一起研究的同伴們，如今都還平安，真的太好了，啊，只可惜少了一個人。「文成哥，什麼事這麼急，昨天才剛下飛機，今天就要來實驗室集合，怎麼不在家裡多待幾天？」大家的表情都只有單純的疑惑，顯然都還沒開始被調查或跟監，於是我便說了這幾天家裡的事情以及金爐事件，說完之後有人問，「那你怎麼辦呢？這樣不是很危險嗎？」我皺了皺眉頭，露出一個無奈的苦笑，「我打算在這邊住下來，畢竟這裡是全國最高等的知識殿堂，就算他們想處決掉我，一定也不敢張揚，更何況是在這最民主的學校裡。」「難道你不怕我們之中……」「我相信你們，而且我待在這裡，也是打算搞清楚天才他到底做了什麼研究、發現了什麼。這一定是會為我們帶來危險的秘密，他才會在事情不可收拾前，早一步退出。」

整個實驗室都沒有聲音。

「咳，人各有志啊！」

是夜，我又開始做實驗，根據上次的經驗以及老先生的指導，進展非常快速，直到夜深我還是精神奕奕，直到有點累了才放慢速度，突然我異想天開，拿起幾支裝有調劑的試管，在地上擺出了六芒星的陣勢，然後踏到陣中，模仿書上寫的陣法動作，劍指往天一舉！什麼事也沒發生，連我自己都笑了，怎麼可能真的有什麼奇門遁甲的法術之類的，「學人家擺什麼六芒星，金木水火土只有五行而已呀！」我回頭一看，是上次那個老先生！他怎麼從美國跟我回來的？「年輕真好，無師自通也可以配出正確的比例，厲害厲害！」他端詳著桌上為數眾多的試管，挑出兩支，「本來我也想看你繼續發揮的，但可惜時間不太夠，讓我來教教你吧！」

聽了老先生一夜的指導，我好像稍微明白了，原來所謂的道術是真的存在，而其所需的法器竟然可以在實驗室中完成，光靠化學藥劑調配便能比擬出大半，而能力絲毫不減，活過了三十個年頭，這實在是前所未聞呀！這樣的事情應該稱之為魔術還比較讓人信服。天快亮了，我心中不住冒出疑惑，但老先生似乎一眼就看穿了我的疑惑：

「你早晚會知道的，時間不多了，好好把握吧。」

一大早，大家便在實驗室中聽我說完老先生的事情，對於未來的處境議論紛紛。

「我們的狀況只會越來越危險，想退出的人就趁現在吧，反正他們的目標是我，現在走還來得及。」大家都低著頭，思索該如何做出抉擇。

「那你怎麼辦呢？」阿肥出聲打破沉默。

「不用擔心，我不是一個人，那老叟不是等閒之輩。」

「那你的家人呢？」

我根本不曉得該如何回答，只能再度沉默。

「讓我們代替你吧，不是有什麼幻術可以用嗎？讓我扮成你回去照顧你家人吧，反正我住你隔壁村，很近的。」

「你也不是只有兩個人，懂嗎？面對白色恐怖，言論自由真的只能臣服嗎！況且，投降就真的能活下來嗎？」

聽到這邊，顯然大家已經做完決定了，既然大家決心已定，事不宜遲，我推開台大校園平面圖，把老叟教的「魔術」一五一十的說給大家聽。

處境艱難，我們也清楚目前政府的作風，我們這些會思考、會說話的「壞人」沒有退路，下場只有被殺人滅口，湮滅證據而已。然而現在我們都待在這校園裡，要悄悄的除掉我們，顯然不能用一般的方法，根據老先生教給我們的「武器」，我們將此次的作戰方向定向兩個目標，一是躲藏，能防則防，活越久越好，在這段期間內，必須要找出天才研究的秘密，而這秘密必能對政府造成一大威脅；二是犧牲，我們也曉得這樣躲下去肯定不能長久，然而就算死，也不能無聲無息的讓政府給掩蓋掉，至少要讓社會大眾知道，政府在暗地裡正做這滅口這等醜事，不滿與憤怒能凝聚群眾，然而，要大家挺身而出，更需要一個身先士卒的導火線。

•

暗室。

「十天過去了，你到現在才回來，事情辦得怎麼樣？」

跪者低頭，只能沉默。

「連房子都炸了，還是沒能成功？」上位者似乎不是在問跪者，而是自問。
「也好，你師父也已動手，算算時間，是該回來了。」
雖知師父道行高深，但這次卻還是心有不安，敲門聲響，一名身著黑道袍的黑鬚老人入內鞠躬，上位者徐徐開口。
「看來這次很棘手，請說。」語氣中充滿尊敬。
「棘手，敵方竟會使替魂術，吾符咒無以剋之，當親自動身。」
「那我就放心了，想必已經向對手宣戰了吧？」上位者微微一笑。
「對敵替魂，尚且無殺，暫且警之。」老人報以一笑。
「下一步？」
「明將破敵。」老人躬身抱拳。

‧

實驗室。
「十天過去了，看你平安回來，實在太好了，我的家人都還好嗎？」見到同鄉歸來，我急忙問。「外面真的是很險惡，人雖然沒什麼事，不過到有許多意外擦身而過，在外的車禍意外就算了，連家都給炸了！所幸無人傷亡，不過成哥的家人很關心，差點就令我招架不住。」「那我施的替魂術有被識破嗎？」「你的家人都沒有起疑，不過對方似乎派了高手來，上次碰頭，除了差點害我被車撞死，更提醒要你小心，擺明對我們宣戰。」

此時其它夥伴也回到實驗室，一一回報。

「成哥，我們已經在校園及周邊佈好陣法，他不可能進得來的！」

「成哥，水道和稜鏡都準備好了。」

「成哥，門口一帶都佈的滴水不漏！」

「既然對手要先出招，那我們就準備接招吧。」我屏住呼吸，冷汗直流。

翌日中午，台大實驗大樓前，一老一少，少年背著背包。

「幸此地汝熟，陣中尋人，著實不易。」老人一笑，似乎在等什麼。

「萬一這條路錯了，那該如何？」一旁的少年皺了皺眉頭。

「莫多言。」

又過了十五分鐘，越來越接近正午，老人似乎等到了他所等待的事物，從背包中拿出一面八卦鏡，貼上一張道符，引著正午強光便往大樓正門照去，突然間，門口開始扭曲糢糊，變成一道牆，老人順著牆面往旁照去，找到了真正的門口，從懷中掏出另一張符便對著真正門的位置射了出去，眼看這陣法就要破去，老人還來不及露出笑容，突然一道虹光從對面大樓頂灑下，兩張道符轉眼間化成灰燼，少年氣憤的朝光源看去。

「媽的，三稜鏡！」

「夏至於算計之中，果真厲害，高人指點，哈。」

「師父，那我們現在該如何是好？」

「多方攻之，陣無完陣，必有缺遺。」老人從容，眼睛散出光采。

樓上一扇百葉窗後，幾人心驚膽戰的目睹剛剛「激戰」的全程。

又是十天，距離返回國外的時間剩不到幾天，可惜對於天才的研究我依然毫無頭緒，不安的情緒又開始蔓延，上次那兩人來破陣，其過程一樣讓人心煎熬，雖然一個陣法都沒能破去，但他們每個破陣點都是這陣法的陣眼，即使沒能破去，也足以顯現敵人的高深莫測。不過也因為上一波的攻擊，令我不敢掉以輕心，夜夜向老先生請教更高深的「魔術」。

「你要說是魔術，其實也不為過，但其本質主要還是早先的道術，道術說穿了這不過就是幻術爾爾。但你千萬別小看幻術，強大的幻術甚至能讓人產生生理性的幻覺、妄想。你應該知道，一旦神經中樞被控制，你的感官及動作都會失去作用，當然有幻術就有解法……」我忍不住發問，該如何使用更強大的術呢？

「代價，龐大或者更加龐大的代價。」老先生語畢，我陷入沉思。

六月三十，實驗室，我跟老先生一邊檢查著陣法有無損毀，一邊研究新的陣法，說也奇怪，感覺他漸漸變得年輕，甚至與我相似不少，總感覺有不好的預感。算算時間，回美國的日子也剩沒幾天了，不安的感覺卻越來越強烈，一人突然開門進來。

「文成，有警察去你家，看來是『你』被約談了！」我眉頭一皺。

「替魂術會被識破嗎？」

「應該是不至於，有別於替身術，這是用魂魄去設下的咒，就算對方是高手出馬，也得解咒才能發現。」我設法冷靜，但不安的氣息仍然蔓延。

「快，幫我通知我弟，明天去確認出入境的事情，可能的話，希望不要有人犧牲……」

七月一日，文華來電，他前往出入境管制局詢問，無功而返。

七月二日早晨，我和老先生坐在實驗室裡，沒有交談，看看他現在的面容，沒意外的話，幾年後我應該也是這副模樣吧，又是開門，「一早就有三個刑警把『你』帶走了，看來這次凶多吉少。」

中午，所有的同伴已經在實驗室裡集合完畢，「大家應該已經知道了吧，看來他們已經要和我們決勝負了，還記得我們一開始的計劃吧，努力活下去，或者努力死在大家眼前。」良久沉默，我站了起來，正當我想說些什麼，心口突然一悶，整個人不支倒地，眾人慌張的將我扶起，只見我神智清醒，卻冒出大量冷汗，我心有餘悸的說，「死了，他們識破了。」**老先生**在一旁看著我們，在一旁看著我。

．

暗室。

有別於原本的擺設，取而代之的是一方長桌，上面躺著昏迷的一人，胸口有一彈孔，血跡鮮紅，顯然是新傷，旁邊一名身著道袍的老人，手持桃木劍，口中念念有詞，想必是要擺壇破法。

早上約談的「陳文成」在接受一番嚴刑逼供之後，仍然不肯乖乖就範，在被槍殺之後，上位者為防有誤，特地請來老人破法，確認是否為真身。再一串祭文之後，老人咬破手指，血染桃木劍，往「陳文成」胸口一刺，在刺上的瞬間，劍尖的地方噴出了大量黑煙，以及些許粉末，屍體終於現出原形，最後，一縷輕煙緩緩竄起，從窗外散去。

「這幫壞傢伙你可能好好處理？」門被推開，上位者顯然在等老人的結論。

「吾與徒二人足矣，陣內凶險，常人不可入，圍於外即可，此事既然不得張揚，我倆當於酉時入陣破之。」老人神情自若，手中桃木劍黑褐陰暗。

・

實驗室，傍晚。

「成哥，今天宵禁，外面已經開始有巡警了。」

「害怕嗎？如果覺得自己有危險，請你們不要介意，拔腿就跑吧。」我故作冷靜。

「說這什麼話，都走到今天了，如果怕，當初早就跟著天才跑了！」一人開玩笑，似乎想引起笑聲來放鬆大家。

「別提到他，他這麼做肯定有他的理由！」

突然，實驗室一角的探測儀亮起了紅燈。「對方開始破陣了，成哥你打算怎麼辦？」我沉默。「成哥，對我們下替魂術吧，到時候就讓我們去引誘敵人，為你爭取時間！」馬上又有人接口，「是呀，多一點人總是比較好。」我沉默，我怎麼忍心將自己即將面臨的危險加諸在他們身上呢？隨即又有人說，「你該不會想叫我們出賣你來保護自己吧，別傻了，現在就算投降，他們也不會留我們活口的！」這一句話當頭棒喝，將我從遲疑中打醒。

而老先生，早已沒了老態，這未來的我，兩眼灼然，正頷首顧盼。

「擺陣。」我輕輕地說。

‧

下水道。

一老一少，少年兩手空空，老人則一手持桃木劍，一手端著半碗鮮紅。

「竟是八陣圖，莫怪此去甚遠皆無人息，顯然想死守不出，可惜此陣將破矣。」兩人面對一道牆，少年問道，「那這次該如何破呢？下水道裡引不進半點日光，更何況太陽都下山了。」老人朝牆上灑出鮮紅，「雞血破陣。」只見雞血穿過牆壁消失，畫面開始變化，現出一條軌道，正當少年要歡呼同時，畫面又開始變動，現出一條水路，而且還變化不止，老人，「佩服，從此以後，自當謹慎。」老人從袖中抽出兩條紅布，口中念念有詞，一條綁上少年的腦袋，一條綁住自己，兩人矇住雙眼，「幻止於幻，除煩擾，路易行。生門進，景門出，此陣可破。」兩人穿過牆壁，入陣。

實驗室。

．

不同的粉末散落在地上，替魂術才剛設完，就已經讓我筋疲力盡。第一陣剛被破，第二層應該還能拖延一段時間，把握時間休息一下吧，實驗室裡，好幾個我面面相覷，「成哥，這替魂術到底是什麼幻術，為什麼能對你的身體造成這麼大的影響。」「這是道術裡的禁咒，本來製造幻術並不會對人造成任何影響，但是替魂術不同，比起對物品施展，以人來當幻術的媒介需要更大的代價，替魂術之所以逼真，是因為必須切割施咒者的魂魄來做幻術的引子。」不說還沒發現，我照了照鏡，此刻身影竟然淡了許多，我拉開上衣，指著心口淺淺的劍痕及彈孔。「代價代價，沒想到用魂魄來下的咒，竟然如此可怖。」一語畢，第二台探測儀也亮燈了，我點下遁甲陣眼。「快走！大家走得越遠越好！」

．

校園。一老一少此刻已經貼近陣法的核心，只差最後一道防線，這座城市就沒有他們的藏身之處了，兩人站在大樓前，開始破去最後一道陣法，不到一柱香的時間，陣法告解，樓頂現出好幾道氣息，但隨即往四方散去，只留下一道氣息，少年兩眼雖蒙紅布，依然豪邁推開大門，說道，「哼，竟然一次施展這麼多替魂術，可真是不要命了，還佈五鬼搬運，送走大家，顯然真身就在原地。」說時遲那時快，最後一道氣息也消失了，「都沒地方可躲了，擺陣隱匿有什麼用呢。」話還沒說完，右邊樓梯口出現一道氣息，「什麼時候出現的？」兩人飛奔，快追到時，氣息旋即消失，又瞬間出現在二樓辦公室裏。「怎麼可能，成哥真能飛天遁地？」少年揶揄，老者紅布之下，極為難得的，露出困惑的表情。

．

今夜的台北惶惶不安，從一開始令人煩躁的巡邏腳步聲，變成此刻在城市中追逐城市。

的迷亂步伐。地下道有一個穿著黑色風衣的陳文成，後火車站有一個買六份報紙的陳文成，住宅區巷弄一個陳文成踢著皮鞋散著步，總統府前裡有一個席地而坐的陳文成，沒有人曉得哪一個才是真正的陳文成，只知道有陳文成在的地方，殺機便不斷聚集而來。

實驗大樓。

幾次追逐，兩人氣喘吁吁，來到樓頂的實驗室前。

「行走多年，未曾見過此等法術，妖法乎？」老人再度從袖中抽出道符，推開門，走進空無一人的實驗室裡，然後走到教室正中央，雙手冥紙蓮花紛飛，桃劍盲斬，分毫不差，全都空中化火。

「天將地鬼，聽我差遣，破陣！」

難以置信的事情發生了，在實驗室裡，兩人周圍，出現了上百個真真假假的陳文成。「幹，三小。」少年雙拳空揮，老者心念大亂，術咒鬼差紛紛破法，濁血一吐便暈了過去。

空氣中瀰漫著各種藥劑混雜的氣味，少年靈機一動，拆下眼前的紅布，定睛一看，周圍的桌上椅上地上，佈滿了大大小小好幾百組插了線香的滴定管，原來自從進到這棟大樓後，什麼瞬間移動的，竟然只是用忽現忽消的比例控制，就創造出了，貨真價實的幻術。

講台前一組試管擺出五行陣勢，一個聲音從講台上傳出，「沒看過這種陣法吧，成哥剛走而已。」

「文成才是真正的天才。」少年抿抿嘴，捏緊拳頭。

「告訴我們，你到底做了什麼實驗，聽到你的解釋是文成最後的遺願，他一直相信著你，天才。」台上那人點了一支線香插在調劑過的試管裡，眼神平靜。

少年，或者說是天才，流下兩行眼淚，拿起了試管與線香。

「煙形可以表達人內心真正的想法，而在這恐怖的白色時代，這正是政府最害怕的。你知道為什麼人們在拜拜的時候都要點線香嗎？因為長久以來庶民反覆嘗試，發現好線香的煙形狀長直，就像讓想法直達上天，讓神明聽到你內心所祈禱，其實是因為材質的煙粒特殊，傳導煙型確實較為明顯。我歸類了所有煙形，然後去做訪問比對，漸漸的做出了一張表格，任何在這個年代會出現的思考與想法，幾乎在這張表上都能一探究竟，答案太過明顯……擁有這樣等同神的能力，等於面臨了政府迫害的危險……所以我逃了。」

「你還有機會補救，我相信你，我相信文成所相信的人，去做你認為可以幫上他的事吧。」天才遲疑片刻，才從上衣中掏出一只草人，插上還未燃盡的線香，塞上一百塊新鈔，一念咒，草人便成人型而去，「幫我送文成到大家面前吧。」

身後老人悠悠轉醒。

「天將明，汝莫想臨陣倒戈，壞我大事！」

「硝化甘油。」天才笑了，抓起酒精燈往門口砸去。

「原來你早就知道了。」那人摔下眼鏡，抓兩隻長長滴定管，奔騰黝紫盛火。手訣，道符，迅咒，桃木劍用力一劈，酒精燈鬼焰暴漲，實驗室火光四射。

「領死！」

最後的清晨校園，陳文成拖著沉重的步伐，一直走，校園中巡邏警備隊為數不少，淺淺的身影，陳文成一直走。

總統府前的陳文成，眼睛盯著天空的鴿，額前的彈孔塞上點燃道符，桃木劍斬，輕煙散去。

住宅區巷弄裡有一個陳文成觸發了針刺捕網，隨即被電流電昏，貼上道符的桃木劍一刺，輕煙散去。

地下道裡有一個陳文成被追逐著，一支警棍敲碎了他右腳大腿骨，桃木劍一刺，輕煙散去。

火車站後有一個陳文成被逮個正著，朝著側臉就是一棒，輕煙散去。

天快亮了，校園裡，文成一直走，漸淺的身影與氣急敗壞的警備隊擦身而過，卻沒人發現他的存在，連續兩三道輕煙回到身上，身上的傷痕漸多漸深。忽然間，他像聽到什麼似的停了下來，他看了看這校園最後一眼，紅了眼眶，在草地上靜靜坐下來。

「鄭學長，接下來的事就交給你了。」

樓頂的實驗室爆炸火光沖天，一縷輕煙，文成躺下來，突然間，他似乎明白了什麼。一旁，老者已面貌相同，化成一縷輕煙，回到文成身上。

天破曉，早起的師生全都看見他了，他一身怪異破爛傷痕繁佈，他安靜沉睡。

幾天後，一間雜誌社的主編寫著難以置信的新聞稿。

指間的那根香菸，則翻騰著前所未見的憤怒壯慨。

評析／楊双子

「陳文成事件」的陳文成死亡之謎至今未解，以奇幻小說形式挑戰並嘗試賦予謎團的解答，〈煙火〉的企圖心令人讚賞。

類型文學以類型共識召喚讀者，儘管所謂「讀者」的輪廓未必明晰，創作者卻理應清楚知道寫作必須面對讀者的事實。換句話說，「我要寫什麼？」、「我要寫給誰看？」這些問題底下，其實緊扣一個前提：「我要（如何）透過創作跟讀者／族群／社會對話。」歷來十年的得獎作品中，〈煙火〉並非唯一具有對話企圖的作品，卻是在故事性與企圖心中取得平衡的佳作。

〈煙火〉缺點主要有二，首先對白的語言風格未能拿捏好分寸，比如使用拗口文言對白的時候，由於過於戲劇化而讓人出戲；其次是細節設定如道術、人物性格上不夠周詳，比如實驗室眾人竟然都如此充滿道義？不免使人物顯得扁平而缺乏說服力。若能避免此類流俗的設計，本作會更加亮眼。

有間酒店

文／呂方雯（台中女中）

作者簡介

呂方雯。喜歡天氣晴朗時的日落、仙人掌開出的花和太極拳。

再次讀了〈有間酒店〉，知道自己是寫不出相同的故事了。但也因如此，感謝奇幻文學獎的存在，替我留下高中時曾有的想像和期盼，讓它們在文字創造出的時光夾隙慢慢沉澱、等待下個對話者。如果說有什麼是高中的我最驚訝的，應該是這幾年只再寫過一篇短篇小說。雖然有時仍會寫些散文、札記，但可能寫報告的時間還多了一點。然而，儘管放棄過不同的事物，好像只要依然有會冒出莫名其妙感動的時刻，便還是相信著有一天會繼續寫小說這樣的事。

01

楔子

海邊的小丘上有間酒店。

要去「有間酒店」並不簡單，因為它並不是隨便的一間酒店。但每天夜裡有間酒店總是高朋滿座，也許那是因為每個想來喝酒的人都不簡單。

風從島的西南邊吹來，帶來了很久以前的，故鄉的味道。

那天九月七日，中秋未至，但思鄉的感覺已先至。

月兒並不亮，一彎小小的鉤在天空中勾出一塊淡黃的小天地。在月光到不了的地方，暗黑的夜裡，有幾顆星子在那兒閃著光澤。

其實星子一直都在那兒，它們不像月亮天天都不一樣。但也許就是因為它們不善於變化自己的外表，很多時候人們並不能了解星子的悲傷。

星子們從不掉眼淚，達瑪也從不掉眼淚，所以他能了解星子的悲傷。許多人會覺得那些流淚的人可憐，但是人們並不知道，落下的眼淚會流向大海，化為一顆顆小小的氣泡，當明日的晨曦帶來第一絲光明時，那些悲傷的氣泡便能從海中蒸發，隨著天光流浪到很遠的地方。

流淚後，很多事都能忘記，而那些從不掉淚的人，往往才最傷心。

星子們的光亮後藏著許多不願忘記卻又說不出口的故事，它們怕忘記那些故事，所以，它們從來不哭。達瑪也有個傷心的故事，他有很多時候想哭，但他絕不能忘記這個故事，所以他一直忍著不流出眼淚。

他知道，有時候星子會承受不住悲傷的重量。達瑪懂這種感覺，有些秘密，是一輩子不能說的，有些秘密，說出來可能招來殺身之禍，但有些時候，偏偏不說就受不了。

每個晚上達瑪都會走出店門口散步。達瑪知道，那些過度悲傷的星子常會失足從空中墜落。他能聽見星子的聲音，他知道星子在墜落的時候才終於獲得自由，終於能在最後一刻說出藏在心底的秘密。

這也是為什麼他把有間酒店蓋在遙遠的小山丘上。星子的低語太輕，而城中的居民太嘈雜，總喜歡在星子墜落時又叫又跳，欣喜地指著天空大叫：「流星！」。

達瑪幫不了失足的星子，但他知道它們需要朋友訴苦，他願意當它們的聽眾，替它們保守秘密。達瑪只有一點點法力，只能幫那些不願忘記傷心故事的人，讓他們在有間酒店暫時拋下痛苦。達瑪向每個來有間酒店的人保證，任何無法承受的痛苦或不能說的秘密，都只是暫時被拋下，絕對不會像落入大海的眼淚般消失。

也許有人會問：痛苦如果不能消失，那為什麼還是有很多人來「有間酒店」呢？

其實，對每位來這兒的客人來說，他們想暫時忘記的那件事是他們生命中無比重要的一件事，好像只要一消失了生命的意義也就消失了。

就像曾撲火的蛾，它翅翼上的傷疤是光榮的印記，是一生中偉大冒險的證明，如果傷疤消失了，過去曾撲火的英勇行為也將被忘記，那，它便會難過，難過自己竟只是一隻平凡的蛾。

西南風壓過門前的草。這不是個該吹西南風的日子，然而達瑪並不驚訝，出乎人意料的事太多。

就像多年前的某一天，一陣奇怪的風吹上了達瑪從小生長的小島，害死了許許多多族人，也把他從那兒吹到了這個叫 Taioan 的小島。

也是從那時開始，他決定有一天要復仇，但他到了 Taioan 才知道，復仇需要高強武功或是雄厚的資金。達瑪只是一位小小的巫師，他沒有武功秘笈，有的只是歷代巫師們留下的咒語。他只能等待，只能靠著他獨特的本事設法賺大筆的錢財。只要有了錢，就一定有人願意替他殺人。

為了復仇，他在海邊的小丘上紮了一間簡陋的草屋。

這也就是為什麼這裡會有間叫「有間酒店」的酒店。

02 黑衣客

這幾天有間酒店難得沒人。

平日散亂的桌几不見酒客蹤影，只是整整齊齊地排在它們該在的位置。

達瑪結束每天的例行散步，沿著淡黃的月光，帶著星子的秘密回到了有間酒店。

他走到地窖最暗的角落，從那兒捧出一罈酒。

他小心地捧著酒罈，沿著梯子往上爬，直直地走向他平常坐的板凳和窗邊的小桌子。

有人。

那人的身影浸在夜中，深深的黑。

達瑪壓低聲音道：「是誰？」

黑影動了一下，緩緩轉過身，摘去遮住半張臉的斗笠。

達瑪認得他，他是士美村的村長，郭懷一。

他是村民口中無比偉大的俠客郭懷一，是傳聞中刀法無比精準的絕代刀客，更是一位稱職的村長，常為了村民的利益巧妙地和荷蘭人周旋。

達瑪曾在入城時見過他，濃厚的雙眉擰成一團，淡淡的憂傷沿著光灑在他深邃的眸間。聽人說他以前常笑，他的笑容像是透出烏雲的那束光芒，能照進每個人緊閉的心房，但隨著苛刻的統治者和與日俱增的賦稅，百姓的生活越過越苦，他燦爛的笑容也被一點一滴地吞噬殆盡。漸漸的，很少有人能看見他笑，儘管村民們依舊如從前愛戴他，但那鷹般的雙眼早就因沉重的壓力而失去了曾經的銳利。

有人說，那是因為他曾帶著刀去找荷蘭官員理論，卻被他們用槍枝打傷，頓時對一切心灰意冷。他們打傷的不只是他的身體，還有他年少時無畏的靈魂。

「聽說你這兒的酒和別處不同？」一陣靜默後，郭懷一忽然開口道。

「不同。」

「哪兒不同。」

「這間酒店有個再也平常不過的名字，但賣最不平常的酒。別處的酒店有著響亮的名號，釀出的酒卻無比平常。」達瑪道。

「此話怎講？」

「別處的酒越喝越愁苦，看似醉生夢死、了卻煩惱，其實卻在回憶的深淵裡越陷越深。但我釀的酒卻會讓人看似清醒，實際上靈魂卻到了另一個世界遊蕩。」達瑪驕傲道。

「如果真有這樣的酒我真想試試，小兄弟你開個價，看要多少里爾才能買下你懷中的那罈酒。」

達瑪頓了一會才道：「這酒是不賣的，這是替星星釀的酒，如果村長真的要品嘗小店的酒，我這就去地窖替你再拿一罈來。」

郭懷一聽見酒的來歷後，不禁拍桌大笑道：「如果說是替星星釀的酒，那我就更想嘗嘗看了。」

說不出是什麼緣故，達瑪突然覺得眼前這位四、五十歲左右的男子和從前上門的客人都不同。他有種天生的魅力。儘管不笑的他無比威嚴，但他其實更適合笑，他的笑容是那麼明亮，明亮到令人以為他從未經歷任何不稱心的事，他的言語令人無法抗拒，他的眸子閃著晶亮的光芒，達瑪覺得他們竟像相識多年的好友，彼此之間不該有任何隔閡和猶豫。

好幾年後，達瑪仔細回想那個夜晚，才知道那樣的熟悉感是因為他們心中都藏著一個極為相似的秘密，都為了要完成一件重要的事而忍受著巨大的孤寂。

03 回憶之酒

達瑪雖然聽不懂星子說的話，但為了不讓它們努力保存的秘密消失，他總會在流星劃破天際的瞬間收集它們的低語，將星子最後的呢喃釀成手上的這罈酒。

達瑪告訴郭懷一，他是來自拉美島的巫師，曾向祖母學習釀造「回憶之酒」的技術。他釀的每罈酒中都藏有一段故事或一個秘密，而喝下酒的人會暫時忘記自己的真實身分，完完全全沉浸在別人的回憶中，把心中難以承受的悲傷拋到很遠的地方。

「有些人買酒，有些人則會販賣回憶、藉此換幾個里爾，也讓我有了釀酒的原料。釀造回憶之酒並不是件簡單的事，回憶擁有者必須不停吹奏蘆葦管，而我會念一串特別的咒語，整個過程要一直持續到清冽的酒香傳出才大功告成。」達瑪看了一眼郭懷一後接著說：「這就是『有間酒店』做的事情，我負責用各式各樣的回憶釀成味道不同的酒，而客人們可以選擇想經歷的幻境，在醉後暫時擁有新的人生。」

「我希望傷心的人們能在幻境中忘記自己是誰、忘記傷心的事，醒來後彷彿有兩個身分，能幫忙分擔原本難以承受的悲傷，也能從別人的故事中獲得力量、重新出發。」達瑪的臉上浮出一抹笑容，似乎很滿意自己用巫術釀出的酒能幫助許多人度過悲傷。

來這兒之前，郭懷一只聽說有間酒店賣的酒首屈一指，卻沒想到這裡賣的其實是藥，專門對付悲傷的止痛藥。

郭懷一道：「喝了這瓶由星子的秘密釀成的酒又如何呢？」

達瑪搖頭道：「從來沒有人喝過。星子的秘密不能輕易讓人知道。」

郭懷一又笑道：「那這瓶酒就更該給我喝。」

達瑪道：「我不明白。」

郭懷一道：「這幾天我可能會死。」

達瑪道：「死？郭兄，你可千萬別想不開，你死後士美村民該如何是好？」

郭懷一道：「放心，我不會輕生的。我打算幹一場大事，做完這件事，就算死在荷蘭人手裡也值得了。」

達瑪道：「大事？」

郭懷一沉默一回兒才說道：「我來這個島上快三十年了，荷蘭人沒來前這裡是天堂般的地方，剛開始也過得還可以，只是最近村民們的生活一天比一天差。以前年輕的我一定想不到現在的郭懷一會是這樣的人，當一名小小的村長，成天聽荷蘭人的指揮和村民的抱怨。這樣的我和以前那個提著刀、四處行俠仗義的小夥子真是同一人嗎？」

達瑪拍了拍郭懷一的肩，道：「荷蘭人作惡多端，但你已經做了你該做的事了，村民們都說你是位好村長。」

郭懷一道：「在荷蘭人離開以前，我都不是位好村長。」

「達瑪，我打算發動一場前所未有的大革命。你等著看，中秋節後 Taioan 就不同了。」郭懷一的誓言迴盪在空中，他如此肯定，好像他真的看見未來那個美好的島嶼正向他招手，那個沒有荷蘭人的島嶼。

達瑪看向四周，沙灘旁的椰子樹和拉美島的一樣高挺，一樣努力地往上生長，像是要用碧綠的葉子刺穿天際。這個名叫 Taioan 的島嶼就和拉美島一樣美麗，一樣有著那不知天高地厚的椰子樹。

「一群勇敢的人。」達瑪小聲地說著，然後像突然想到什麼似的對郭懷一說：「現在距離革命只剩幾天的時間，為何你還來這偏僻的酒店呢？」

郭懷一道：「因為我有個無法忍受的秘密，想喝最好的酒忘記痛苦。」

達瑪道：「怎麼樣的秘密？」

郭懷一道：「一個關於革命的大秘密。」

達瑪道：「這樣的秘密還是說出來好，說出來以後才能放膽把荷蘭人殺個片甲不留。」

達瑪明白秘密一詞所代表的意義，對於秘密他太熟悉。當一個人剛有了秘密時，他會覺得自豪，他知道了一件世界上沒有人知道的事，但過一陣子他便會感到很深的孤單和恐懼，時時刻刻都害怕有人知道這個秘密。

郭懷一看了看達瑪道：「小兄弟你也有秘密嗎？」

達瑪嘆了一口氣道：「當然，一個人活在世上若是沒有祕密，那有間酒店早該倒了。」

郭懷一道：「如果我是你，一定釀幾百罈酒給村民喝，讓他們忘記許多的事，不用起義，也能回到從前的快樂日子。」
但這個世界上，就是有像達瑪這樣的人，明明可以在甘醇的美酒中忘卻傷心，卻仍甘願受回憶折磨。
郭懷一突然大笑了幾聲，但他這次的笑卻有點悲傷，達瑪才明白他真的是個愛笑的人，只是這樣一個愛笑的人在村民痛苦的呼喊聲中笑不出聲。
郭懷一道：「達瑪你的秘密和荷蘭人有關吧？」
達瑪驚道：「你如何知道？」
郭懷一道：「我問你什麼問題你都泰然自若，但當我一提到荷蘭人時，你的臉色就變了。」
郭懷一雖只是個平凡的村長，但他年輕時也曾走過幾番江湖，他知道，江湖太過危險，為了自保，他學了幾手江湖人該會的本事，而察言觀色便是最基本的一項。
達瑪點點頭，郭懷一又道：「既然如此，我們何不來個交易？」
達瑪道：「交易？」
郭懷一的雙眸正對著達瑪，一絲憂愁從他的眼中透出，道：「有秘密的人通常不會太快樂。」
達瑪道：「我懂。」
郭懷一拍了拍達瑪的肩：「那我們何不來交換秘密？」

達瑪問道：「交換？」

「反正你我的秘密都和荷蘭人有關，而且……」郭懷一續道：「若中秋起義能成功，討厭的荷蘭人便會離開，若起義失敗，達瑪你的秘密也絕不會有第三個人知曉。」

達瑪沉思了許久，突然問：「我們是朋友嗎？」

郭懷一肯定道：「朋友。」

達瑪忽然有點鼻酸，已經很久沒有人對他說出朋友兩個字了。或者是說，他從來沒有交過一個朋友，他總覺得朋友間不該有秘密，所以有秘密的他不該交朋友。但是，達瑪今天忽然想交一個朋友了，他和郭懷一都有秘密，用一個秘密換另一個秘密和一個朋友，值得。

達瑪笑道：「兩個朋友一起擁有一個大秘密，總比一個人擁有一個秘密輕鬆得多。」

風依舊不停地吹，月亮依舊只是淺淺的淡黃色，有間酒店裡沒點燈，他們卻能清楚從月光下看見彼此燦爛的笑容。

達瑪從身後的櫃子拿出好幾顆椰子和長長的蘆葦管，他把一顆椰子和長管交給郭懷一，道：「把你想告訴我的秘密吹給椰子聽吧。」

郭懷一道：「這東西真的可以？」

達瑪道：「拉美島是個海島，而我們是海的民族，大海會告訴我們很多事。以前拉美的巫師，都用飄來的椰子聽海的聲音。後來一位巫師從中得到靈感、發明了保存回憶的技術。只要一邊想著事情一邊透過蘆葦管吹出各式各樣的音符，椰子便能接收訊息、替人們暫時保存回憶或想告訴同伴的話。只要喝到椰子的汁液，任何人都能如身歷其境般進入吹奏者的回憶中。」

郭懷一道：「就像酒一樣？」

達瑪道：「有點像，但我們今天要做的事比較簡單。把椰子汁釀成酒是為了長期保存回憶或將訊息傳到遙遠的地方，必須連續吹奏幾天幾夜再加上拉美島的咒語。我們等等吹奏完馬上交換椰子，就能省去這方面的麻煩。」

屋外的夜深了，這是個有點冷的夜晚。

達瑪示意郭懷一隨他走到門口。有間酒店位在一座小山丘上，在山丘的頂端有很多很多的長管和椰子殼。「這兒是釀酒的地方。」達瑪道。

他從懷中拿出一個小小的竹製容器，開口一掀開便傳出了細微的風聲，夾雜著鈴鐺的叮噹聲。

「這是今晚星子透過風吹出的聲音，郭兄你稍等，我先替星星將它釀成酒。」達瑪將那小小的容器放入一顆新鮮的椰子中，讓它像落葉般在椰子水中載浮載沉。達瑪閉起雙唇，從喉頭發出一長串囈語般的聲響，神秘的音節隨著星子的叮噹聲忽大忽小，達瑪放下他先前一直抱在懷中的那罈酒，拆下酒罈上的紅布，一股迷人的香味頓時充滿了整個山丘。他接著把椰子水和小竹筒都倒入了酒罈中，重新封起布條，但一旁的郭懷一卻仍能聽見星子們奏出的清脆聲響，在罈中依舊輕聲訴說著深藏千年的謎。

「跟著我做吧。」達瑪從懷中拿出了長管，向著手上的椰子吹送神秘的音節。有時候，他發出的聲音像風聲，有時候，像一群人正高聲談話，有時候又像兇猛的海浪，在夜中猛力拍擊著沙灘。

郭懷一跟著達瑪的指示，輕輕將唇湊上長管，蘆葦柔韌的觸感竟令他感到安心，他心中只是想著即將到來的革命和他那未能說的秘密、傷心的故事，他只想把一切簡單地向面前的蘆葦訴說，卻沒想到當他說起荷蘭人的暴政時，身邊竟傳來瘋狂的雷聲，當他說到今天竟在田間發現可疑的人物時，耳中則聽見細細的小雨聲。他對蘆葦說，他無論如何都要完成理想時，手上的椰子居然像被他的話感動而輕輕顫抖著。

那是一個充滿聲音的晚上，郭懷一和達瑪的故事太精彩，讓這個夜太不平靜。

那天晚上，他們交換充滿秘密的椰子，也暫時交換彼此的人生。

04 達瑪

達瑪的祖母總說：「海洋是靈魂的居所，人死後靈魂一定會回到海洋。」

達瑪的島，有人叫它小琉球，荷蘭人則叫它「金獅子島」。然而，每個島民都叫它拉美島。拉美島很小，卻有很大的一片海洋，傳說中海洋裡有許多稱作「通道」的地方，當善良的拉美人游過通道時，會得到住在通道中祖靈的祝福、順利前往新的世界，而那些不受祝福的靈魂便會化為海底的氣泡，在幽深的海中吞吐著低沉的音符。

通道在哪裡呢？這個問題的答案從來沒有一個拉美人答得出來，但是島上的每個居民都相信它的存在。因為無論海面風平浪靜或波濤洶湧，每天早晨吹來的海風總是夾著一段神祕的旋律，零零落落，像是女孩的啜泣聲。

然而，那天的風似乎不只帶來哭聲，更帶來達瑪所陌生的火藥味。

山頭警報的號角響起，一切發生地太突然，讓達瑪失去了判斷，只聽到身旁的人大喊：「快跑，去山洞！」

山洞是島上居民最好的避難所。拉美島上有許許多多的山洞，但每次遇到危險時大家總會躲在最靠近海的那個大洞穴。達瑪常常想起祖母說的那句話：「人死後靈魂一定會回到海洋。」他很好奇，躲在最靠近海的山洞裡，如果發生什麼不幸，是不是靈魂就能以最快的速度穿過通道、接受祖先的祝福呢？接受了祝福之後，是不是就能在海洋中放肆哭訴生前受的委屈呢？反正，寬廣的海洋從來不會拒絕一顆晶瑩的淚珠，曾經的痛苦和悲傷，應該一落入海就消失得無影無蹤了吧。

拉美島的居民天性樂觀開朗，雖說是躲避敵人攻擊，但每次總像度假般聚在一塊談天說地、嘻笑打鬧。對島民來說，只有他們會和這塊土地生死與共，其他的入侵者都像是那早晨吹過島上的風，無論帶著悲傷或開心的情緒，一下子就消失得無影無蹤，到了很遠的地方，永遠不再回來。

但這次似乎有什麼出了錯，風吹走了居民臉上的笑容，卻吹不動入侵者堅固的船隻。他們雖有一頭和島民相似的紅色捲髮，皮膚的顏色卻是和拉美人的黝黑完全相反的蒼白。他們是荷蘭人，來自大洋另一方的陸地，卻不斷堅持自己才是拉美島的主人，三不五時發動攻擊。

早在十五年以前，這批入侵者就曾登上島偷取珍貴的淡水，幸好被巡邏的居民看到，一箭射穿了他們的心臟。但最近幾年，他們卻像那定時造訪島上的季風，才剛走不久，卻又帶著一批新的兵士回來。像兩年前的那次入侵，雖然沒有島民受傷，全村的生計卻因為荷蘭人的一把火陷入困境。而這一次更是不同，他們一來就打起了轟隆隆的雷聲，打亂居民進攻的步調，俘虜了二十名戰士，更有三名直接死在震耳欲聾的雷聲下。聽逃回來的島民說，荷蘭人有個神祕武器，使用前都要對它大叫：「開炮！」

幸虧幾天前的一場大雨，濕滑的地面讓荷蘭人放棄進攻，他們才有時間躲進洞穴中。經過五天漫長的等待，洞裡儲藏的糧食和淡水越來越少，但荷蘭人竟趁此時再度登島，甚至找到島民躲藏的山洞。

「巫師，我們一定要誓死守護這裡，決不做荷蘭人的奴隸！」一個居民大喊。

「我知道，這個山洞還很深，也許我們可以找到水源，大家辛苦一點，等等把剩下的糧食好好分配，只要繼續等下去，荷蘭人一定會走的。」達瑪說道，一邊舉起腰間的小刀往手腕割下，鮮紅的血滴落在厚實的土面上，像是在進行某種神祕的祈福儀式。

「巫師，荷蘭人居然放火了，好多好多的煙不停從洞口冒出來。」在洞口守衛的戰士急急忙忙大叫，一股刺鼻的味道慢慢飄入山洞。

達瑪收起小刀，神色凝重地道：「大家快跟上，我帶你們去洞裡最靠近海的地方，在祖靈的庇佑下就不怕妖怪們的濃煙了。」

洞的盡頭有個天然的小湖泊，湖水是和海一樣深的藍綠色，淡淡的霧氣夾雜著海的鹹味，和逐漸飄入的煙一同瀰漫在空氣中，替湖水披上一層神秘的面紗。拉美島的居民們都累了，彼此背靠著背躺下，抓住對方的手，像是只要一放開便會永遠分離。

「族人們，看來這次他們是不會走的，為了大局著想，女人先帶孩子從洞穴出去投降，等孩子長大再回到我們的拉美島重新生活。至於男人們，想活命便一起出洞投降，想留下的戰士，就和我一同潛入湖底，尋找傳說中祖靈的居所。」達瑪停了一下，用悲壯的聲音大喊：「拉美的戰士死後將會化為凶狠的浪濤，拍打著岩壁，訴說這駭人的故事，讓荷蘭人生生世世不敢再踏上拉美島的土地！」

等其他人出洞之後，達瑪帶領數十位拉美的壯士往湖底游去，據說湖和海交界的洞口是祖靈的居所，能穿過通道的拉美人便能得到祖靈的祝福、實現願望，儘管知道可能一去不返，可能在湖中長眠不起，但是達瑪仍不願放棄這個機會。

他使勁力氣在湖中游了好久好久，和他一起下水的戰士漸漸無法呼吸，一個接一個向湖底深處沉去。達瑪想起他的族人。他是巫師，是全族的希望。

他昏了過去，但在暈眩前他看見一道亮光。

他知道他到了。

「巫師，你的願望？」一個雄渾的聲音說道。達瑪張開眼睛，他不能確定眼前的便是祖靈，半透明的身體飄在寧靜的海洋之中，臉上帶著和藹的笑容，就和拉美島上普通的島民一般。

達瑪用無比堅決的語氣說道：「我要復仇，我要替死去的族人向荷蘭人復仇。」

祖靈們微笑，一個打扮素雅的婦人朝他走來，手上捧著小小的盒子。

「躺下吧。」女人打開手上的盒子，拿出了一排細細長長的針。

達瑪閉起眼睛，女人用一小片葉子輕輕在他的兩頰抹上涼涼的藥膏。突然，一陣刺痛，冰冷的金屬穿過肌膚，像是要把他桎梏在這海水深處般讓他無法動彈，瞬間的痛讓淚水不爭氣地從眼眶滑落。漸漸的，達瑪的臉麻了，不再感覺到痛，恍恍惚惚間他聽見細碎的聲響，和祖母唱的搖籃曲很像，給他一股溫暖而安穩的力量。

「好了。」女子遞給達瑪一塊鏡子，達瑪看著鏡中的自己，發現原本黝黑的臉上有了細細的紋路，從兩腮後方延伸到耳垂，像是珊瑚在水底招搖。不知道是不是錯覺，他竟覺得身上的刺青像是魚的兩鰓。

「這兩片鰓是我們給你的祝福，有了鰓，你便能自在地在海中游泳，還能聽見更多世界的聲音，幫助你完成願望。」

「鰓？」達瑪不太敢相信，臉上那兩大片扇葉狀的刺青真的是鰓？

「嗯，不停向東北方游吧，你將找到荷蘭人統治的島嶼。」

祖靈走了，話聲卻仍迴盪在達瑪的耳邊，他摸了摸雙頰，好像那淺淺的紋路真有神奇的魔力，能帶領他完成願望。

那天，他被漁夫的網子勾到，隨著漁船到了這個荷蘭人統治的小島，Taioan。

那年是西元一六四一年，達瑪好不容易上了岸，卻發現他竟在海中游了如此之久，距離 Taioan 人民口中的「拉美島大屠殺」已過了五年。據說當時有上百位居民被活活燻死，而倖存的也全成了荷蘭人的俘虜。美麗的拉美島從此再也看不見孩童嬉戲的模樣、聽不見悅耳的笑聲。

也是從那天開始，達瑪展開他的復仇計畫，在海邊的山丘開了「有間酒店」。

達瑪雖然開酒店，但他卻從來沒有喝過酒，也從來沒有交過郭懷一之外的朋友，他一直覺得自己應該永遠記得拉美島的悲慘故事，他覺得自己背負著全族的寄託。

有責任的人常常是痛苦的，達瑪懂，郭懷一也懂，但有時候像他們這樣的人，活著就是為了完成使命，為了做大事。

05 郭懷一

郭懷一從小就像他的名字一般，總是一個人獨來獨往，除了偶爾和弟弟郭保宇讀書打鬧外，他最常做的事就是練刀。

他似乎特別有天分，十歲的年紀便打贏二十幾歲的大人，十五歲就成了同安一代著名的刀客，總是四處扶危濟困。後來，受到當時聞名一時的海盜鄭芝龍賞識，隨他到了 Taioan 打天下。

年輕的郭懷一愛上了這個美麗的島嶼，他決心用一輩子守護這兒。他先在一個叫笨港的地方開墾了十幾年，愛打抱不平的他在人民的支持下當上了地方的首領，而和平的日子一直持續到荷蘭人踏上這片土地的那刻。

他在荷人的威脅利誘下到了赤崁，當了士美村的村長，卻發現一切都變得陌生。有著 VOC 標誌的大旗在街上飄揚，原本交易用的銀兩被荷蘭的銀幣「里爾」取代，來開墾的農民越來越多，但大家的生活卻因逐年增加的賦稅而越發清苦，時時刻刻都有人因繳不出人頭稅而躲躲藏藏。

郭懷一打算在月圓起義，他知道中秋節從以前就是個革命的好日子，人們在這個時候往往最團結、最有鬥志。

然而郭懷一並不知道，這樣完美的計畫竟會被他唯一的弟弟破壞。

「報告村長，前面的稻田有可疑的人影。」

「村長，剛剛有村民在附近看見荷蘭人。」

•

「哥，起義是不可能成功的，叫那些人走吧。」

九月七日早上，他大罵郭保宇一頓，誰知道弟弟居然在一氣之下離家出走。他原本以為弟弟只是一時賭氣，卻沒想到他竟會向荷蘭人密報，只留給他一張字條。

「從小到現在，大家都誇獎你，但我要讓他們知道，你除了刀法外根本一無是處。驅逐荷蘭人只是你不切實際的夢想，只是無端叫村民陪你送死。」

郭懷一才知道，他和弟弟間的距離竟不知從何時起越來越遠。等到他發現時，一切，都已成了現在的樣子。

儘管很可能失敗，但是，他知道來不及了。

荷蘭人已得到消息，他們絕對無法全身而退，漢人和荷蘭統治者，只能決一死戰。他們必須在明天發動攻擊。

為了鼓舞士氣，郭懷一告訴士兵：只要撐三天，國姓爺支援的大軍便會抵達。

他即將進行一場豪賭，賭注是上千人的性命，他必須在開始前壯膽。

這是件大事，要最濃的酒才壯得了膽。

他總聽人說有間酒店的酒好，所以起義前夕他一個人來到了有間酒店。

06 秘密

黎明。

兩條人影佇立在小丘上，凜冽的狂風吹散了他們的髮。他們好不容易遇見知己，卻又要在此時匆匆告別。然而，他們知道，自己不再孤單。

郭懷一忽道：「其實國姓爺不會來。」

達瑪道：「我知道。但是我相信你。」

郭懷一驚訝道：「你知道？」

達瑪道：「我知道，因為你剛剛的表情讓我知道你有個秘密還沒說。我相信你，因為我仍希望你能成功，希望國姓爺真能助你一臂之力，因為我相信朋友，而你是我唯一的朋友。」

達瑪從懷中拿出一個小布包交給郭懷一，道：「這是我這幾年的積蓄，大概有幾百個里爾，我一直希望能僱個厲害的殺手替我殺掉當初征伐拉美島的官員，我想，這個就交給你吧。」

郭懷一道：「你為何如此信任我？」

達瑪毫不猶豫地道：「因為我們都是一樣的人，一樣會為了所堅持的理想奮不顧身。」

郭懷一沿著來時的小徑下山，腰上繫的小布包叮噹叮噹地響著。

他的背影逐漸隱去，但達瑪卻清楚地記得，他曾經有個朋友。

大風再起。

這是個離別的日子，也是個特別的日子，颳這樣大的風，總有些大事該發生。

07 十年後

過了十年，達瑪仍記得分別那天的景象。這些年來他一直在等待同樣猛烈的風從拉美島的方向吹來。

他相信他的朋友不會騙人，他相信國姓爺支援的大軍將要抵達。

今晚風向變了。從東北風轉成狂烈的西南風，達瑪彷彿又聞到故鄉的味道。

一艘艘的大船穿過濃霧向 Taioan 駛來，船已滿帆，炮聲震天。

一位威風凜凜的將領站立在船頭，他是國姓爺，是 Taioan 的希望。

達瑪一直等待的日子終於來了，一場持續十年的壯烈革命終將劃上句點。

達瑪拿起桌上長長的蘆葦管和渾圓的椰子，奔到山丘最高的地方。

他一遍又一遍吹著重複的曲調，分不清是高興或憂傷，那是一首很特別的歌，淡淡的，像陽光照耀下初融的白雪，像微風輕撫翠綠的草原，像大雨沖走一切，只在太陽照耀時不經意留下一抹七彩的，虹影。

在這簡單的旋律中，一股清香隨著徐徐涼風徘徊在天地之間，那是茉莉的香味。

達瑪低喃著神祕的咒語，他要把等待許久的這一刻釀成酒，他要藉著香醇的酒把好消息傳給大海，傳給他唯一的好朋友，郭懷一。達瑪要將這杯酒灑向大海，他相信祖母說的話，他知道郭懷一正在那兒等著他。

從達瑪還是小達瑪的時候，祖母就常和他說：「海洋是靈魂的居所，人死後靈魂一定會回到海洋。」

評析／楊双子

對歷史人物與歷史事件進行虛構性的改寫，是歷來十年得獎作品的主旋律，大多呈現一種遵循既有史實／傳說、從而擴充書寫的狀態，罕見能夠兼顧原創性的作品，而〈有間酒店〉便是當中表現出眾的一篇。

本作以十七世紀中葉拉美島事件與郭懷一事件為基底，安排了一間酒店匯聚兩個事件的當事人——拉美島原住民巫師達瑪與漢人開墾領袖郭懷一，兩人締結友誼而交換彼此的身世秘密——以此為契機，分別著墨荷蘭時代兩個主角的生命經驗，並且再進一步連結到他們所屬族群的時代命運。這種從小處拓展開來，使故事得以深化的設計，可說是相當聰明的短篇小說架構。

敘述性文字方面作者已能展現獨特的聲腔，也是〈有間酒店〉顯得秀異的關鍵。唯獨部分文字可能是未經斟酌的直覺書寫，不小心就流於油腔滑調，在此給個具體建議，就是盡量不要使用成語、成句。包括小說篇名，應該也可再精巧些。

響鐘

文／郭芳妤（高雄女中）

作者簡介

郭芳妤，高雄女中畢，目前就讀台大心理系。不是讀心術的那種，我們比較喜歡統計、小老鼠，和研究腦神經。

喜歡看書或電影，也喜歡運動，籃球是我永遠的愛。

志願是做一個溫柔又勇敢的人，不管將來多麼未知，都可以安穩的行走於天地之間，和我摯愛的人一起。

很意外地得知這本書要問世，看著名單上熟悉又陌生的名字，我第一個念頭是，啊，真好，當年因為喜歡而寫出來的故事，居然能被青睞；又因為它，讓我知道了一群故事小高手，儘管我們彼此之間可能只有一面之緣，或僅只書面之緣。但因為知道有這麼一群人的存在，寫小說就不是件太害羞的事，而是一種靈光乍現的呈現，可以互相交換、學習、成長，這是對於我而言，這個獎最深重的意義。

謝謝家人、謝謝以前和現在的人們，你們都是我靈光的來源，也是因為有你們，我才會覺得世界如是美好，值得動筆記下來。

楔子

「時年日治，有泰雅少女莎韻，拾行囊，爲日師送行。未料逢溪水漲，不幸失足落水亡故。總督府爲嘉其忠國義舉，特頒一桃形銅鐘予其遺族，並翻攝爲電影，別是感懷深念……」

傳言，那口鐘歲歲年年聲響清脆，一如其人。

親愛的塔瑪，我知道，來日你會聽到許多、許多關於我的話語或傳說。但身爲摯友，我仍想親口告訴你，關於我的所有故事。

在故事開始前，請先答應我，千千萬萬別爲了我而落淚。

你說過，泰雅勇士是不會隨便哭泣的，對麼？

喏，你聽，鐘響了。

一響，是漫山生靈爲我頌唱的別離曲。

二響，是我對家園永無止盡的眷戀和祐護。

塔瑪，我希望你明白，我會一直都在。無論槐樹姐姐變得多高、小溪兒奔流了多遠，無論，部落的月光圓缺了幾回。

我，會一直都在。

啊，請再等一等、耐心的聽。

最後一響，是……

還記得我們小時候，你從楠木姐姐的懷裡把我揹回部落的那一次嗎？我做了個夢，哭個不停，你慌張卻溫柔的替我擦掉眼淚，把我叫醒。

我始終沒有忘記那個炎熱的夏天。

溫暖一如我們的初識。

光影浮動，圈圈點點灑在濕苔遍佈的泥地上。

「莎韻？」少年在樹林裡輕喚，蹙起了清朗俊秀的眉目，「莎韻——」他側起耳聽，卻只有鳥鳴清脆，還有山鼠掠過樹梢的沙沙聲響。

族中長輩明明交代過近日裡日本鬼子十分猖獗，要大家盡量別單獨外出。自從他的父親和幾位族中兄弟與日本鬼子起衝突而重傷後，就是部落勇士也不大會獨自擅離去山林狩獵，何況是部落的姑娘孩子？可偏偏就是有人一點也不安分！

焦躁扒了扒短髮，少年深深嘆了口氣，幾乎沒有猶豫的朝森林更深處步去。穿越幾棵古木，輕巧地踩過苔石渡溪，他撥開垂落的青綠枝條，一棵參天的楠木落在他的目光裡。

少年停了停腳步。

披著紅衣裙的女孩，神情安寧地半閉著眼，偎在粗糙的樹幹邊，一絲防備也無。少年正想要張口，卻怔愣地靜默了許久。

再熟悉不過的身影。

他默默的伸手，彷若在觸碰族中姥姥珍貴的紡織一般，小心翼翼地將手懸在半空。不過數步距離，他卻忽地有種失去重心的感覺，像是自己與眼前的女孩相隔天涯之遠，而女孩會在轉瞬消失無蹤。

「……塔瑪？」一聲遲疑的呼喚令少年回過神。他皺起眉頭，嚴肅的望著少女。約莫十五六歲的女孩睜眼，望向他，有些心虛的笑了起來。

一秒，兩秒，三秒。沉默擴散在蒼鬱的林間。

「哎呀，」最後女孩開口了，樹影映在她的盈然的面容上，「不管躲在哪裡都會被你找到呢，塔瑪。」

名喚塔瑪的少年將眉頭蹙得更深，生氣非常的盯著女孩。「每次都不說一聲就跑到這兒來，以前安寧無事就算了……但長老交代了什麼？已經是個大姑娘了，還這麼不懂事嗎？」

莎韻可憐兮兮的垂下眉，低聲囁嚅，「對不起……可青年團的老師都很和善的不是麼？」

她指的是約莫六七年前總督府派來部落裡宣揚大和文化的日本青年。因為這些人相較於其他部落所言的殘暴行徑，顯得分外的客氣有禮，為首的青年又向部落長老表明這年頭不學些國語會有多不利種種。長老年歲大了，也擔憂族中子弟將來會如日本青年所言的那般遭人欺負，只得由他們去。

於是，他們以教習年輕孩子國語的名義，順勢在部落裡設了派出所。前後陸續來了幾批長官或警手，管得是越發嚴謹，可雙方相處還稱得上和諧。直到近日偶爾會傳來有的日本軍官上山襲擊、占領部落的消息，才讓族中兩方開始有了些隔閡。但大體而言，教育所裡的老師是極為溫和親切的。

「那不一樣！如果碰上不講理的日本鬼子，妳還有辦法安然無恙的坐在樹下跟我說對不起？」塔瑪目光嚴厲，一步步走向女孩蜷縮的楠樹下，「莎韻，妳倒是給我說說，究竟是有什麼天大的事，會讓妳這樣不要命的隨便亂跑？」

「我來聽樹說話啊。」

女孩張著亮如星月的眼，答得理所當然。

塔瑪愣了一愣。

那是好久好久以前，當他們都還年幼，眼前的楠木尚未生得這樣高大茂盛的時候。他爲了偷看父親狩獵，獨自一人跑進森林，卻迷路到了這裡。

那時，有個女孩也是這樣窩在楠木樹底下，半閉著眼像在睡覺，卻不停地掉眼淚。那時他有些害怕，但仍舊搖醒女孩，笨拙的用袖口抹掉她的淚水。後來他揹著女孩回家，女孩偎在他肩頭，替他指路。

「妳是誰？爲什麼一個人在森林裡啊？」當時的他好奇的問。

女孩悶悶的，但聲音溫暖地答，「我是莎韻，我來這裡聽樹說話。」

塔瑪瞬間有種時間錯置的感覺。像是，他們都還未長大。他仍舊是那個一心想成為泰雅勇士的小男孩，而莎韻只是那個總會閉著眼，靜靜倚樹而睡的女孩。那樣無憂無慮的時光。

然而他猛地想起了父親。被日本鬼子以槍擊中了腿，再也不能在山林驍勇奔馳狩獵的父親，終日默默寡歡的背影。

終究是要長大的。

「別再胡說了，莎韻。」所以他還是開了口，神情凜然，「我們都已經不是小孩子了。」

莎韻側頭看著他，沒有半點受傷，反而溫暖的回望。「我沒有騙你，塔瑪。」

塔瑪盯著莎韻半晌，最後長長的嘆了一口氣。心不甘情不願步向前，伸出了手，莎韻漾起大大的笑，將自己的手放了上去。「算了，若不是妳姐姐擔心，我也懶得出來尋妳這個麻煩的姑娘。」他移開了眼，使力把莎韻拉起來，「若是還有下回，我可就不管妳了……最好是讓妳碰上幾個帶槍帶刀的，某人才知道危險究竟是什麼意思！」

莎韻始終微微的彎著嘴角，溫暖的看著彆扭卻早慧的少年。

風拂過，樹梢響動。

驀地，一陣強風颳起無數葉片，毫不留情的打在兩人的面上。塔瑪氣急敗壞的拍落臉上的葉。莎韻卻爽朗的笑了起來，用手心貼著楠木粗糙厚實的樹皮，「楠姐姐，別鬧了！」她回頭，看向一臉狼狽的男孩，「他沒有惡意的。」

順著塔瑪愕然的目光，風漸漸止息，落葉也躺回泥地，只餘幾片清綠戀戀不捨的順著莎韻而轉，才漸漸像是什麼也沒發生過般的塵埃落定。

「妳……它……」塔瑪伸著手指，來回看過楠木和莎韻，勉強地湊出了問句，「這棵樹……該不會真的說了些什麼罷？」

莎韻先是憋著笑意，才古靈精怪的轉了轉眼，「是啊，楠姐姐很生氣的痛罵了我們兩個一頓。」她看著塔瑪一臉困惑，卻極力想維持鎮靜，好笑的望入他的眼，「楠姐姐罵你怎麼這樣固執。樹是真的會說話的，你就偏是不信。還有……」女孩頓了一頓，「她還說，分明就是個小鬼，別老裝得那麼正經。」

塔瑪已經無力再反駁莎韻，只悶悶的問，「……那它罵了妳什麼？」

莎韻遲疑了一會，才忍笑答道，「她罵我怎麼這樣笨，同一個這麼欠乏山林本性的人這麼要好。」

樹葉又響了響，莎韻凝神細聽。

這回她微顰起眉間須臾，才張口低聲。

「她說，懂得諦聽漫山生靈的人，才是真正的泰雅勇士。」

塔瑪吃驚的睜圓了眼。莎韻寧定的看著他，露出明朗卻溫柔的神情。

「知道了……我們回去罷。」最後少年垂下眼，輕拉執著她的手。「記得替我、替我向它說聲謝謝。」

莎韻掛著淺笑點頭。兩人交握著手，正要邁開腳步。森林的樹木卻同時一陣騷動，異樣的帶著驚惶失措的味道，這回連塔瑪都覺察出了不對勁。

「怎麼回事？」

未料莎韻沉默了會，露出有些憂傷而了然的目光，只一瞬，又回歸塔瑪所熟悉的、那個開朗溫暖的少女。

「沒什麼。」莎韻笑了笑，「只是……將有人至罷了。」

『將有人至。』

這句話是我命運的開端，只是當時我什麼也無法對你說。

對不起，塔瑪。

田北正記提著行李，拭了拭額上的汗。他摸出行囊裡老舊得泛黃破損的地圖，俊秀穩重的面容露出為難的神色。被指派來這般偏遠沒有問題、要跋山涉水他也沒有意見，但為什麼就不能給他張沒有缺損的指路圖呢？

他嘆了口氣。得在夜黑前找到長官所說的リヨヘン社才行，畢竟在山裡夜宿總是特別危險。

正當他煩惱得盯著地圖苦思時，耳畔忽然傳來一聲呼喚。

「先生？」

他詫異的抬眼。眼前站著一個披著紅衣裙的少女，有清秀卻深邃的五官。不過真正讓田北在意的，是她意外標準的那句「先生」。

「妳……懂國語麼？」他嘗試和少女交談。少女露出溫暖的微笑，輕輕點頭。田北放心地舒了口氣，開心地指著地圖上模糊不清的番社，「那麼，妳可以帶我到這兒麼？」

少女又點頭，指了個方向，示意田北跟上來。

走進山林，他一路上問了許多問題，少女總是安靜的聽，然後點頭或搖頭，就是沒有再開口。田北不禁困惑，照長官設教育所的時間，這樣大的孩子應該是會些尋常對話的。可眼前的女孩雖然似乎能聽懂他的問句，卻總是盡量避著回話。

是怕說得不好麼？他納悶了起來。

他們拐過條條深山小徑，臨近傍晚時，才望見掛著微弱燈光的村落。

「就是這兒？」他偏頭望向少女。後者泛起溫暖的笑意，卻止步不前，只伸手示意他自己進去。田北愣了愣，見少女沒有要解釋的意思，只得自己拎著行囊前行。

走了幾步，他卻停了下來。

「妳為什麼叫我先生？」他溫和的問，墨黑的目光卻極為嚴肅。「妳到底是誰呢，小姑娘？」

日語裡，「先生」就是老師的意思。這孩子和他分明是初次見面，卻一開始就喚他老師。他應該是被派任的警手，就是要兼職教番童國語，也得經由長官同意，何況他現在身上還穿著警手的制服呢。她怎麼會叫他「先生」？

紅衣少女半垂下眼，好一會兒，田北才聽見聲音。

「我是莎韻．哈勇。」令他驚訝的，少女的話非常標準流利，「至於為什麼叫您先生……我想您應該很快就會明白，請恕我無可奉告。」

少女帶著暖意的微笑。

「另有一事相求，請不要告訴任何人，是我領您到這裡的。」田北聽完這話，還在怔愣，少女已恭敬的行禮離去，轉眼就拐入某條小路，不見了蹤影。

青年有些困惑地摸了摸下頷。

身後的林木低低的騷動，而後平息。

初次見上田北先生，我鬆了口氣。他和部落裡的先生們一樣，是個溫柔善良的好人。我領著路，聽著他和善的語氣，好奇的問我是不是部落裡的人，還有部落裡的大小事。可我只有點頭或搖頭，目光甚至很少與他接觸。

對於他的警覺，我不太意外。或許就像我下意識的畏懼他一樣。

戀生畏死乃是萬物的本能。

我們都只不過是本能的在避開危險罷了。

「莎韻，起床了。」

聽見姐姐叫喚的聲音，她瞇起早已睜開的眼。天邊的微曦灑進木板間的縫隙。長了莎韻三歲的姐姐探頭進房裡，手上還拿著未織完的布匹。「懶妹妹，今天不是要去教育所嗎？塔瑪好像在外邊等妳了呢。」

她微不可聞的嘆息了一聲，然後露出了慣有的笑容。

「這就來了。」

「欸，莎韻。」並肩走在路上，塔瑪側頭望她。「妳最近很奇怪。」

聽見塔瑪不客氣的斷言，莎韻只是好笑的回，「哪裡奇怪？」她上下打量塔瑪，「我看……是我們那位自詡是泰雅勇士的兄弟，上回被楠姐姐給嚇傻了罷。」

塔瑪咬著牙，瞪了幾眼自小熟識的少女。莎韻自顧哼著小曲，撇開目光。

過了會，塔瑪才低聲的問，「我是指，是不是又有人欺負妳了？」

和莎韻相熟是多年前，揹著哭累的她回部落的夏日。但早在這之前，他就聽說過許多其他同齡的友伴竊竊私語著有關莎韻的種種謠言。

——你知道嗎？莎韻沒有媽媽呢。

——哎呀，她是被莎韻害死的……我爸爸說，莎韻出生那天就沒有媽媽了。

——我還看過她一個人對著路邊的花草說了好久的話。

——好可怕啊……

身邊的大人孩子都這樣說，可獨獨塔瑪的姥姥要他不能這麼想。

『莎韻和她的母親都是可愛的孩子，』她溫柔凜然的告訴塔瑪，『你會喜歡那女孩的。』

或許姥姥特別交代，塔瑪對莎韻沒有任何的偏見。只覺得她是個神奇的存在。有記憶以來，他知道的莎韻就是一個人，默默的、靜靜的觀看撫觸周遭的花草樹木、蟲魚鳥獸，然後露出溫暖的微笑。直到那日，塔瑪無意間闖入森林，撞見了哭得發抖的小莎韻，那個總是笑盈盈的單薄身影，才漸漸在他的世界裡鮮明起來。

部落裡不少惡劣的孩子愛欺負莎韻。塔瑪想，會不會每次被嘲笑捉弄了，她又會像初次見面那日，一個人躲起來偷哭？所以他會開始留心莎韻的去向，雖然最後都能找到她，因為莎韻最常待的，就是那棵楠樹下。

最近她這麼頻繁的往森林跑，會不會是又有人開始胡說八道了？

「塔瑪？」

他猛地回神，正巧撞見莎韻如暖陽的目光。

「我沒有被欺負，你別多想。」她半閉起眼，像是在解釋，「我不是說了嗎？我是去聽楠姐姐還有森林裡的大家說話的。」

塔瑪一愣，才無奈的嘆了口氣。

「你快些啊，不然要遲到了！」

他盯著少女逆光但歡快的背影，才慢慢提起步伐。

「各位同學，這位是你們的新老師。」教育所的負責人擦了擦額上的汗，轉過頭去看著溫文而立的青年，「田北老弟，這兒就拜託你啦。」

他收起帕子，遲疑一陣，低聲附在田北耳邊，「你也知道的，番社孩子麼，血氣方剛的總是不少……你得挺住啊，可別像中村一樣嚇得逃了。」

田北啞然失笑，但仍和穩的頷首，「請前輩放心。」

直到退出教室前，負責人都還戰戰兢兢的死盯著坐前笑得賊壞的孩子們，深怕他們有甚麼意外之舉。坐在前排的孩子倒沒讓大家失望，冷不妨向著負責人砸了隻巴掌大的蟾蜍，看著他驚慌失措的逃離教室，全部的孩子都哈哈大笑了起來。田北默默忍住笑意，拾起粉筆大大的在黑板上寫上自己的名。

「我是部落新上任的警手，也是你們的新教師，」他敲了敲木講桌，親切的開口，目光環繞教室一圈。「你們可以叫我田北先生。」

最後，他訝異的把視線停在最後排的某個座位上。

座位上的女孩恰恰對上田北驚愕的目光，只是慢慢的、慢慢的揚起嘴角，露出他所熟悉的笑容。

但是青年很快的鎮定下來，溫柔可親的點名。教育所的孩子好奇地打量著他，他則一個個暗自觀察。後幾排的孩子多半是年紀較大的，已經快要離開教育所的泰雅少年少女。

「塔瑪．屋卡答。」

名單到了末尾，他見到女孩身旁端坐的少年舉起了手，有著令人印象深刻的早慧目光。然後他的視線往下移，盯住最後一個名。

他深吸一口氣。

「莎韻．哈勇。」

不知是不是錯覺，原本還有些細碎交談聲的教育所瞬間安靜了下來。除了方才被指名的少年仍然一臉平和的翻著課本，所有的孩子都屏住了呼息。

莎韻緩緩舉起了手。「有，先生。」

還真的是被這女孩給說對了。那日他一進派出所，教育所負責人就急忙將他攔了下，不容拒絕的交給他代理教師這項重責大任。

可她是如何知道的？

田北默默注視著莎韻，而莎韻也毫無畏懼的望回來。最後面容溫朗的青年先收回了目光，翻開講桌前的課本。

「先生希望能和你們好好相處……還有，蟾蜍向來不怎麼喜歡我。」他半開玩笑，目光卻寧然優雅的環望底下的孩子們。

「請多多指教。」

我觀察著先生。

看著他和部落的孩子們相處得極好。學識、身手，還有溫和卻敏銳的性子。教育所這些年難得出了一位不會讓人欺負的老師，你說是吧？

還記得那日，我說將有人至嗎？

親愛的塔瑪，我很慶幸那個人是田北先生。至少，我對他本能的恐懼已然消散殆盡。

因為我在他的臉上見到了同你一般溫柔的笑容。

是動物的低鳴聲。

她將手心向上，樹上鳥兒便啁啾的落在她的掌中。她半瞇起眼，平靜祥和的湊著耳聽，鳥兒時高時低的鳴啼。思索一會兒，她繞過幾株蒼翠的小樹，環望了四周，果然見著了被困住的小狸。她蹲下，刨開濕潤的泥土，輕手輕腳的解開刺進小狸後腳的鋸齒陷阱。

小狸嗚嗚了兩聲，忍著疼向她行了一禮。莎韻客氣的頷首，隨手折了兩片葉子放進嘴裡嚼碎，然後敷在小狸受傷的腿上，低聲念了幾句話。

她摸了摸小狸的頭，小狸不一會兒便能夠行走自如，只餘一點微跛。

她一定不會知道，這看在別人眼中是多麼違和——觀望莎韻許久的田北靜靜的立在樹後，下了這個結論。

「先生？」

這聲呼喚著實讓他嚇了一跳。只見莎韻頭抬也未抬，只垂著眼簾撥弄地上的葉片。他嘆了口氣，攤手自樹後步了出來。

「您站在那兒很久了呢。」莎韻清脆的聲音盪在林間，「先生想說什麼？」

俊秀的日本青年苦笑了一聲，才溫和的開口，「請別誤會，我沒有圖謀不軌的意思。只是……」他停了一停。

莎韻席地而坐，抬眼起來望他。燦亮奪目的目光令他短短一滯。

女孩靜靜的聽，無聲催促著田北將話說完。

「有不少人對我說，妳故意破壞他們的陷阱，放走了他們好不容易獵到的動物。他們說，這違反祖靈的意志……獵不到動物，便成不了泰雅勇士。」他走近莎韻，學著她坐下來，「可妳身為泰雅姑娘，不會不明白這個道理……我只是想知道為什麼？」

莎韻笑了。溫暖如昔的笑容凝在臉上。

「先生的確是令人信服的人。」莎韻望向遠處，目光越過層層青綠縫隙，「就是聽了那麼多，也等到親眼見我真放了他們捉到的獵物，才肯和我說。」

田北聳了聳肩，「那是當然，沒憑沒據的話我是不會隨便信的。」可他旋即皺了皺眉，「不過方才妳……」

女孩沉默了一會兒，隨手拈起泥地上的枝條匝起結。「我放走的，多半都是還沒長大的動物幼子。我當然尊崇祖靈的意志，可祖靈從未允許我們可以趕盡殺絕……若連年幼子嗣都不願放過，將來泰雅勇士要上哪兒尋動物來獵呢？」

田北正記興味盎然的盯著莎韻，將手支在下頜，「可妳從未親口對孩子們說這些話。」

莎韻聽了，露出一絲無奈的神情，「出於對我的恐懼，他們聽不進去的。」她看向田北，眼裡是笑著的，卻潛藏著不易見的傷感。「近來先生應當聽過許多關於我的事情，難道不怕嗎？」

田北正記注視著莎韻許久，而女孩眨著圓潤的墨黑雙目，深深呼息著山間飽含水氣的味道。

「我只知道，我認識的莎韻．哈勇是個勤奮用功的好學生。我任教一個月，她總會按時交作業、國語也學得極好，和老師溝通也一點問題都沒有。」田北溫柔的將手抵在唇間，直直地看著莎韻，「喏，下回口試偷偷替妳加點分數罷。」

莎韻看著他，先是吃驚，然後才一點、一點的笑了開來。

田北忽地有種感覺：見過這個女孩的笑這麼多回，可這次才有種真實誠摯的存在感。

周圍的樹蔭環繞著他們，陣陣涼意與花氣襲人。莎韻卻忽然仰起頭來，豎耳靜聽。不一會兒，輕快但穩重的腳步聲傳來，塔瑪自樹後探出頭。

「先生……唔，莎韻也在啊。」

「塔瑪？」田北詫異的轉過頭，「怎麼啦？」

塔瑪無奈的聳了聳肩，「還不就是老問題。卡圖他們又在打架，堅持要先生回去主持公道。」

青年露出苦笑，使力站起身子，拍去衣褲上的泥。「真是……知道了，我們走罷。」塔瑪則回頭盯著沒打算起身的莎韻，「至於妳……該不是想一個人繼續待在這裡吧？」

被看破意圖的女孩吐了吐舌，一骨碌地站起身，拉著塔碼的胳膊。

「一定是你多想了，我才沒有呢。」

三人在餘蔭下並行，一路上交雜著兩種語言的笑鬧，他們行經的小徑，身後樹叢花草亦傳來聲聲喧囂。

午後陽光正盛，曬夏了一整個部落和整山的生靈。

自從先生來到部落，我便養成了數日子的習慣。從一開始的忐忑，直到近日的安然平和。

兩天、三天。

我知道，該來的日子仍舊是會來的。

時光荏苒，轉眼，已經過了兩年。

而「田北正記」這個名字，在部落裡幾乎已經無人不曉。

部落的孩子特別的喜歡田北。聽他的課總是特別的專注，甚至在田北輕易制服了打架的少年，並溫和卻嚴厲的訓斥他們一頓後，教育所裡頻傳的鬧事也減了不少。教育所負責人感激涕零，還額外替他爭取了獎金。

教書、偶爾跟著前輩巡視整個部落，田北剩餘的時間，大半都和塔瑪與莎韻度過。常常田北和塔瑪忙著協調紛爭；當莎韻又偷跑到森林時，他們也一塊去尋她。每回塔瑪揪著莎韻罵，田北都會在一旁露出無奈卻好笑的神情。

他們甚至會在森林泥地切磋武技，田北所學的傳統武道和塔瑪天生敏銳的體術。起先都是田北占上風，不過漸漸的，塔瑪也拿了些竅門，不再回回都被摔得鼻青臉腫。

所以當塔瑪的爸爸要他別再去教育所，應該專心學習狩獵時，自小到大夢想著成為泰雅勇士的他反倒有些不捨。但他仍舊決然的去見過田北，有禮的向他致謝與道別。

「謝謝你，先生。」他行了一禮，「再會了。」

正在喝茶的青年泛起笑意，「怎麼啦？明明就在同一個村子呢……說得好似不會再見面了一樣。」

塔瑪微微紅了眼眶，自從父親出事以後，他一直對日本人存有芥蒂，難得遇上田北這樣如父如兄般的砥礪與照顧。他心裡哽著，有說不出的感激。

「塔瑪，你該不是要哭了吧？」一旁幫忙整理作業的莎韻偏起頭。

少年狠狠的用袖口抹了抹眼，「才不是！妳少胡說。泰雅勇士是不會隨便哭泣的！」

莎韻好笑的點頭，田北則是溫和的瞇起了眼睛。

他拍拍塔瑪越發結實的肩，眼神真摯地瞧著他，「那麼，祝福你，能夠成為リヨヘン社的第一勇士。」

塔瑪凜然的點頭，欠身後便要離開，莎韻陪著他走至門口。

塔瑪忽然回頭，直直盯著眼前笑盈盈的少女。

「哪，莎韻。」他用族語低聲開口，目光柔和卻極為認真，「訓練的時候，我會待在森林裡很長一段時日。不過等我下回見上妳，一定會成為一個真正的泰雅勇士的。」

莎韻抬眼，看著不知覺已經高了他自己許多的塔瑪。塔瑪驀地伸出雙手，輕輕的抱上從小到大始終要好的摯友。

「所以，別再亂跑了知道嗎？」他低聲附在她耳畔，「不會有人比我更有耐心找妳了……所以，別藏到連我也找不著的地方。就這麼說定了。」

然後，塔瑪瀟灑的旋過身，清瘦結實的背影在夕暮餘暉的山嵐下閃爍。漸行漸遠。

親愛的塔瑪，你一定不會知道，那日你離去後，我獨自一人站在教室門口落下多少眼淚。先生還擔心的問你是不是欺負我了？

你一定是故意的，想說什麼不想讓先生知道的時候，就會說起族語，還會心虛得越說越快。

我都知道。

可對不起，最後一個約定，我想我是做不到的。

「一言爲定。」

雖然，我是這麼這麼地想這樣對你說。

那日，田北收到了封徵召令。

他失神的掃過內容，大意是說，現下與中美征戰危急，急須調派人手，幾乎所有リヨヘン社或其他番社的警手與教師都要被徵調去協助軍備。信上還提到，為了預防駐番人手不足、番人會藉機造反，所以總督府會特別派人來視察。

若有違抗之意，需在人員撤離前，殲滅全社。

田北跌坐在木椅上，桌上的熱茶漸漸地涼。所以他完全沒注意到一抹鮮紅的身影前來，又默然的離去。

總督府長官來的那日，群眾竊竊私語地在派出所前觀望。

前輩們多半先離去了，田北正記是最後一批。早已收拾好行囊的他恭謹的對長官欠身行禮。日籍長官瞥了他一眼，「田北正記？聽聞你在這兒治績不錯啊。」

田北垂著手回，「不敢。屬下只是代理的教職罷了。」

「哦？學生可有來送行？」

田北正記環望著聚集的群眾，低眉搖首。「屬下並未告知學生今日要離去，他們應當不知情。」

長官漫不經心的望了他一眼，「是麼？可我瞧著派出所裡都有公告著呢，他們應當不會不知情……是你教得不好，所以這社的孩子不懂得尊師重道了？」他的聲不輕不重，卻恰好教圍觀的社民聽得清清楚楚，「那麼，他們該不是連忠國的道理也不明白了罷？」

在場有血性些的聽得這話，差點兒氣得上前，還是被旁邊的死命拉住了。

田北僵持著，垂眉而立。行囊綁在身上顯得如是沉重。

「怎麼會呢？田北先生把我們教得極好。」清脆的聲音自人群中竄了出來，不只田北，連部落的人也怔愣住了。

一襲紅衣翩然而至。

「先生，請讓我替您送行罷。」

莎韻穿越人向前，然後用族語接下去說，「我想，這和忠不忠無關，先生為我們付出這樣多……這是我們泰雅應當要堅持責任與榮譽的表現，不是嗎？」
眾人詫異的看著眼前這個不受人喜愛的女孩。
慢慢的，有孩子不顧父母反對，走了出來。一個個，默默提起田北正記的行囊。最後，七八個和莎韻差不多大的少年少女來到田北正記和日籍長官面前。
「先生，請讓我們為你送行罷。」
莎韻開口，溫柔的目光卻好似溢滿了看不見的悲傷。
他們一行人沉默的走著，撥開幾乎與人一樣高的芒草下山。最後不知是哪個孩子起了頭，他們開始唱起部落裡古老的曲調。
蒼茫低沉卻意外悅耳的曲子就這般陪著他們來到了夜晚。因為天色不甚好，眾人決議在一條溪前夜宿，明日再渡。
趁著孩子們紮完營，熟睡了以後，田北正記獨自一人來到了溪邊。銀色的月映在苔石上，溪水潺潺而流。熟悉的紅色身影隨意的坐落在深夜裡。
「莎韻……」
少女轉過頭，依然笑得溫煦，「先生，我都知道。」
是麼？知道他們許多的不得已、知道彼此醜惡的不信任與猜忌。
「先生，我明天就會死了。」

冷不防的，莎韻這樣說。

田北轉過頭，吃驚地張大了嘴。後者恬然而笑，像是講得不是自己。

「我將會因為失足落水而死……你信不信都好，我只是想先和你說。」她見青年困惑迷網，只隨意的把腳放進清澈的溪流中，「我是聽得見萬物的孩子。」

——先生，莎韻說她會聽樹說話呢。

如同巫女一般的角色。聽得見、感受得到。繼承了所謂祖靈的意志。

「很早很早以前，我便知道會有這麼一天。所以我會領你上山，並不是意外，而是等候著你許久了。我也曾經怕過，可現在不會了。」

「……為什麼？」田北乾澀地問道。

「因為你有雙溫柔的眼睛，能因為這樣的先生而死，我不會遺憾。而且……」莎韻望向夜空，點點繁星閃爍。「我很驕傲，我是繼承了媽媽的、媽媽的媽媽的遺志，為著這樣美麗的家園而死。」

「將來，我的死去會為部落帶來安寧，你的長官便不會懷疑我們的忠誠。」

莎韻一句接著一句，帶著笑，解釋。

「這很值得，真的。」

田北卻默默的說不出話來。

那晚，他聽著漫山漫谷的奇異聲響，流了一整夜的淚。

果然下雨了。

隔天我背著行囊，平靜的踩滑了苔石，冷冷的溪水瞬間吞沒了我。因爲陰雨，我聽不大見大家的呼喊，先生伸出了手，滿眼悲痛。

我即將消逝，塔瑪。

這回，你可眞的找不到我了。

我請楠姐姐銘記了我的聲。你現在聽見的，是她替我記下的、我所有的故事。

我會難過，再也聽不見鳥啼蟬鳴，再也觸不到山川流水，再也聽不到樹說話。

可我把他們全都留給你，和部落裡的所有人。

我最珍貴的寶藏。

對了，記得小時我作的那個夢嗎？偷偷告訴你，夢裡，早逝的媽媽帶我去看了名叫「電影」的神奇故事。

媽媽說，那是首映會，演的是一個勇敢的泰雅女孩的故事。

『莎韻之鐘。』我在電影結束後，站在看板前很久很久。
我那日哭，不是因為了解到自己的命運，而是因為見上了某個人。
某個我所懷念、也深深懷念我的人。

你看過那個桃形的銅鐘了嗎？
喏，你聽，鐘響了。
一響，是漫山生靈為我頌唱的別離曲。
二響，是我對家園永無止盡的眷戀和祐護。
鐘敲三響。
親愛的塔瑪，我答應你，我們終將再見。

終

一九四三，台北城。
一個五官深邃的年輕男子站在人來人往的電影院。今天是「莎韻之鐘」的首映會，許多人看得哭。
男子摸了摸臉上象徵族中勇士的紋面，拿著票根，靜靜的等。

驀地，他一睜眼。

一個小女孩穿著一襲紅衣，站在出口的看板前。
靈活的雙眼對上男子的目光。
女孩大大的，燦爛溫暖的笑了起來。

鐘敲三響。
青年塔瑪深深吸了一口氣。
我想我聽見了，親愛的莎韻。

評析／楊双子

由於徵獎規定使然，歷史與奇幻是歷來得獎作品的兩大類型元素。奇幻部分且不論，現階段提及歷史／小說，仍然以男性中心作為預設觀點，因此似乎並不令人意外的，十年來得獎作品三十篇，以女性為主角的作品僅有六篇。擁有一名女主角並不是〈響鐘〉獲選的理由，因為這篇小說的性別意識也並不特別強烈，但是不得不說，改寫「愛國泰雅少女莎韻」故事的本作，在刻畫少女莎韻的文學表現上是相當突出的。

短篇小說要塑造令人印象深刻的角色並不是那麼容易，〈響鐘〉有人物藍本，有既存故事，早已為角色提供基礎，難能可貴的是本作找到具有張力的切入點：莎韻可以聽見萬物的聲音、繼承祖靈的意志，因此能夠預知自己的死亡，而且她選擇面對與接受死亡的安排。日本帝國利用莎韻之死宣揚愛國行為，〈響鐘〉則運用奇幻之筆覆寫，還以少女屬於她的生命關懷與自我主體，這樣的經營手法也很溫柔細緻。

至於缺點，在於設定上莎韻可與萬物溝通，作者對大自然景物如動物、植物的掌握卻明顯生嫩而不完備。建議對書寫的主題、背景進行實際踏查，以及文字上的白描訓練。

帝玉食品公司

文／鄭筠庭（新竹女中）

作者簡介

大家好，我是資訊工程系大三的鄭筠庭，希望以後可以當個不爆肝的快樂工程師。首先要感謝評審與奇幻文學獎相關的工作人員，讓我的作品有再度和世人見面的機會。一開始收到被選入十年精選的消息，感到驚喜的同時，也有不少回憶浮現心頭。這部作品像是我的時光膠囊，記載了高中時期的青澀與尷尬，也保留了那時的夢想與熱忱。

小時候總嚷嚷著要當一名小說家，還因此買了筆電來寫小說，結果筆電用著用著，夢想的職業竟從小說家變成了電腦工程師，說來也真是好笑。不過就算讀了一個跟文學不相關的科系，我依然很享受在日常中與小說的相遇，例如在自己製作的遊戲中放入劇情，用不同的方式展現我的小說；或是選修各式各樣的文學通識課，聽一聽教授們對於小說的解釋。

無論未來選擇什麼樣的工作，我對於小說的熱愛都不會衰退，而那份想要成為小說家的渴望也會永遠活在我心中。在高中時期參加的所有小說比賽，不管得獎或落選，全都是寶貴的經驗，而高中職奇幻文學獎給予我的肯定，使我能夠好好保存這份夢想。

十週年快樂，謝謝你。

我看了一眼腕上的錶。十一點五十分，接近正中午。

雖然漸漸習慣台灣濕熱的氣候，但穿著正式西裝站在大太陽底下還是過於難受，露出的皮膚彷彿被刮痧板狠狠的來回刮過，灼熱又疼痛。

就在我努力將自己塞進屋簷影子的範圍內時，手機響了起來。

「喂？」

「誕汀，你的桌子準備完畢，顧客也在路上了，就差你一個啦，你在哪裡？」

「馬上到。」我伸手擋住陽光，看見不遠處一輛計程車正駛來，連忙招手攔車。

「別遲到啊。另外，經理叫我轉告你，晚上回公司一趟，似乎有大事要宣布。」

「收到。準備上菜吧，馬門。」

我切掉通話，踏進計程車裡，臉上掛著親切的微笑。

「麻煩到仁愛路的 Devil 餐廳，謝謝。」

§

服務生端上兩份甜點，而我們的對談差不多也要進入尾聲了。

「這是一個難得的機會，希望您好好把握。」我依舊帶著笑容。

「你很厲害，我必須承認，但這可不能隨便決定，畢竟事關整間公司的命運。」

對方緩緩晃著酒杯，露出一副猶豫不決的樣子。

看著他假裝為難的表情，我對於這次生意的成功率更加有把握，只要再推他最後一把就大功告成了。

「我不相信命運，因為它就掌握在您手中。」我將合約書推到他面前，微笑著遞出鋼筆，「這是通往未來的大門，現在您只差鑰匙了。」

他接過筆，意味深長的看了我一眼，才在底部黑線上簽下名字。

很好，一切都如我預料。

前菜和沙拉先以輕鬆話題突破對方心防；從湯到主餐的間隔讓對方信任我，順便送上本公司的簡報；主餐的時刻正式切入主題，精準的營運數據和調查結果有額外加分效果，那些數字能讓人安心；在飲料的同時讓顧客吃點甜頭；最後，甜點陪伴著內心攻防戰，只要攻下他築起的薄弱城牆，簽好的合約就成了囊中物。

銷售員的標準工作流程大抵是如此。

「很高興和您合作，王董事長。」我將合約收好，伸出手。

「葉先生，我可是很信任你們公司的品質，畢竟食品商很重視源頭，上游的提供造就了我們下游的成功。」他也伸出手。

兩隻手在飯桌上方重重一握。

「我們不會讓您失望的，身為全台最大的食物原料供應商，我們提供的食材絕對讓您滿意。」我起身，笑著送他到餐廳門口，一直目送到他的汽車離開視線，才慢慢走回餐廳。

但我並沒有回到餐桌那裡，而是到一扇寫著「員工專用」的門前，禮貌性的敲兩下，不等回應便推門進去。

裡頭是間辦公室，空間不大但擺飾甚多，深色木質的家具點綴著金屬花紋，天花板垂下水晶吊燈，和餐廳一樣的西方古典風格。辦公桌後方坐著一名男人，他穿著微皺的廚師袍，袖子隨性的捲起，頂著一頭咖啡色捲髮，幾日沒剃的鬍渣和刺青盤據在臉上，年輕又不拘小節的樣子讓人很難相信他的職位是真的——Devil 餐廳的店長。

「你一靠近門我就聞到同族的氣味了。」他爽朗的笑了，「怎麼樣？成功了吧？」

「當然，完美的上鉤了。」我聳聳肩，將西裝外套丟在椅背上，「這次規模似乎比較大，看來我們又朝統治邁進了一大步。」

「現在提統治還太早了，你沒看到天使他們最近動作有多大嗎？我都開始佩服那些白翅膀傢伙了。」他吹了聲口哨，拿起桌上的新手機向我炫耀。

「別再提那群天使了，整天只會搞電子產品，難不成他們打算統治宅男軍團嗎？像我們從食品下手才是明智做法。還有，別整天拿那種智慧型手機，小心跟人類一樣變笨。」

「放心，這是我跟天使私下訂製的特別手機，跟一般市面上賣給人類的不同，沒有讓人變笨的電磁波、竊聽器和 GPS 追蹤器之類的。」他朝我吐舌扮鬼臉，「說到特製，今天的午餐好吃嗎？」

「難吃死了，人類的食物都一個樣。」我皺眉。

「我可是精心挑選無害的食材，不添加致癌調味料或有毒的油，也沒有過期和化學藥劑的問題，還囑咐服務生千萬不能把你的餐點跟人類的搞混，這樣你還嫌難吃？真是令人心寒！」

「吵死了，你不也討厭人類食物。」我推推眼鏡，「我先回公司了，再連絡吧，馬門。」

「好啦，工作狂先生，小心你的肝臟操勞過度啊。」馬門揮手告別。

「你才沒資格說我。」我將門關上。

下一站，帝玉食品公司。

§

「葉誕汀，你在公司擔任銷售員已經三年了，到目前為止表現良好，替我族偉大的統治計劃貢獻不少心力，上級指示要升你的官，從銷售員升為帝玉公司的外交人員，從今晚十二點開始生效。」

銷售部門的主管用平板無起伏的聲調唸完紙上的升遷指令，抬頭盯著我，思考了半天只擠出一句話：「……恭喜你了。」

聞言，我連忙換上應付客戶的專業笑容，向面前的禿頭主管鞠躬哈腰，「沙立夜大人，小的承蒙您栽培，才有今日這番成就，雖然不能繼續在您的部門下工作，但往後還是要受您的照顧，不管是在帝玉公司或是地獄老家。」

「行了，那副假笑就留給客戶們，我可不吃這一套。」沙主管揮手，要我趕快滾出他的辦公室。

再次深深的一鞠躬，我退出沙主管的辦公區域。

抬手看錶，這個時間點銷售部空無一人，連燈都沒開。並不是因為下班了，是同事們都在外頭和各個食品業的大老闆吃飯，盡力爭取合作機會，讓帝玉公司在全台灣的知名度更加提升，滲透進每一家食品公司，好掌控所有食物來源，以完成我族策劃已久的統治計劃。

所謂統治，當然是指統治整個人類社會，從嬰孩到老人、男女性到第三性、乞丐到政治家，一切都會臣服於我們的魔王，好讓地獄成為三界之首。

而統治的方法，就是從食物下手。

人以食為天，更不用提現在人類不能自給自足，要從商店中買食物來填飽肚子，這樣食物來源集中於特定廠商，簡直是為了我們架設的康莊大道，讓統治之路更加便利。

只要在食物中加入各種有害物質，可以讓人類的身體虛弱、生病，甚至影響到腦部發育，他們就會減少思考能力，惡魔一族的統治機會大大增加；加了上癮藥劑的垃圾食物，可以有效提高人類的體脂肪，消弱他們的反抗和行動能力；有毒的飲料會使生殖器官受損，生育率一旦下降，便能管理人口數量；問題嬰兒食品讓人類從小就接觸不良食物，毒素就可以慢慢累積……

簡直是完美的統治計劃！我身為惡魔感到無比驕傲！

想到這裡，我的嘴角不自覺的上揚，那美好的未來就近在眼前，建立惡魔帝國指日可待！

正沉浸在幻想之中，手機鈴聲突然不識相的打斷了我。

「我是葉誕汀，請問你是？」上頭沒有顯示名稱，只能直接開口詢問。

「你好，我叫做筆烈，職務是祕書。我想先跟你確認升遷是否沒問題。」電話另一頭傳來甜美的女聲。

「筆烈祕書！難不成妳就是那位……」我震驚的脫口而出。

「沒錯，我是董事長的專屬祕書。」筆烈的語調充滿笑意，「請問對於這次的升遷還滿意嗎？誕汀先生。」

「非常滿意。」我好不容易回復到平靜，專業的形象差點毀於一旦。

「那就好，因為這可是我們董事長親自指定的位子，你要好好感謝陸董事長呢。」

「陸熙法董事長指定我？」我對著手機高興的大叫，形象兩字完全拋諸腦後。

「是啊。呵呵。」筆烈偷笑的聲音被我聽得一清二楚。看來她又在笑我的失態了，我必須鎮定。

「嗯，那請問董事長有什麼吩咐嗎？」

「他希望你能夠在明天早上十點到帝玉公司見他，有些事想要當面交代。」

「好的！我一定準時抵達。」

筆烈又說了一些注意事項，最後以一個飛吻結束這段通話。

接到升職的消息，親自接聽筆烈祕書的電話，又能夠見到陸熙法董事長本人，今天難不成是我的生日嗎！

我難掩心中的興奮感，在深夜的大街上仰天大笑。

光害嚴重的天空看不見一顆星，今晚的夜空似乎比平常還要更黑。

深黑如惡魔的心。

§

我再三整理身上的西裝，臉上依舊掛著最擅長的微笑，深呼吸幾次後，才推門走入會議室。

「您好，陸董事長。」保持禮貌是身為業務員的原則，更不用說是接見最高階的長官。

「初次見面，誕汀，我已久聞你的大名了。」董事長從位子上站起身，年輕的臉孔掛著淡淡的笑，沒有過度的嚴肅或拘謹。

「在下僅是小小職員，如此說法令我誠惶誠恐。」我深深鞠躬，內心既緊張又興奮，畢竟董事長鮮少露面，不論是在魔界抑是人間，想見他一面簡直跟登天一樣難。現在地獄之王便站在面前，甚至聽聞我的名字已久，這真是讓人不知所措的內心衝擊。

「銷售部的主管沙立夜常常跟我提起你，認真又忠心耿耿的態度全被他看在眼底，不斷建議我要替你升職。」

原來是沙主管。平時冷淡又寡言的老頭竟然也有好的一面，我有點受寵若驚。

「客套話就此結束，我找你來是為了指派新工作。」董事長漸漸收起笑顏，「我身為魔王，不能太常到凡界走動露面，所以我需要一名發言人，代替我處理外界交際和合作之類的瑣事。而外交員的第一項任務，就是和高科技合作的新計劃。」

「高科技？那不是天使在操作的領域嗎？」我不禁提高音量。看來最近太常遇到令我驚訝的事了。

「沒錯，我們首次公開和天使們的合作計劃，就交給你這位新上任外交員來負責。」他的眼神忽然暗下來，「要不是高科技產業太過發達，我們堂堂惡魔怎麼肯低聲下氣的去談合作，但雙方都渴望占領人類世界，單靠一方的力量根本太過困難。沒有永遠的敵人，只有永遠的利益。」

為了雙方共同的目標而短暫結盟，最後仍會回到你死我活的局面，這類事情歷史上屢見不鮮。

「你就負責跟天使方的外交員碰面，爭取到帝玉公司掛名的電子產品，和重要時段的食品廣告就行了，加油吧！」董事長鼓勵似的拍拍我的肩膀，我卻感覺肩膀上擔了千斤重的責任。

「那麼小的先行告退了，陸熙法大人。」毫無退路的我只能快速離開這間有莫名壓迫感的房間。

離開帝玉公司，我立刻打給馬門，邀他出來聊聊天，想討論一下我的新工作。

等了約半小時，他才慢吞吞的到達我們約定的地點。馬門依舊穿著工作服，領子上翻且袖子亂捲，腳上竟踩了一雙藍白拖鞋，脖子卻掛著最新款式的耳機，一副墨鏡頂在頭頂上，完完全全不協調的打扮。

我盯著他過於隨性的裝扮，皺起眉頭。

「什麼表情？這可是時下流行的風格。你想批評就先翻翻雜誌再說吧，只穿西裝的老古板。」

無法反駁，我只好沉默。

接下來的十幾分鐘，我把新工作內容毫不保留的告訴馬門。

聽完敘述，馬門第一句評語就是：「你是白痴嗎？」

……我馬上在心中偷偷後悔叫馬門出來當我的心理諮商師。

「你都沒有發現那些天使的變化？你的眼睛是長在膝蓋上嗎？」

「我不像你跟天使有私下的交易和交情，這不能怪我。」

「但你不覺得奇怪嗎？天使本來都是一群滿口仁義道德、卻不想來到人間的高傲傢伙，但這幾年卻在人間做起高科技產品，還做得有聲有色，你難不成以為天使都吃錯藥了？」

「我以為天使們只是想藉此阻止我族的統治計劃。」

「想阻止的話，直接派幾位天使到地獄打一架就好了，何必大費周章。」他不屑的看著我，「聽好了，那些天使正在變化，變得跟我們一樣。」

「你是說……天使漸漸變得像惡魔？」又是一件令我目瞪口呆的事。

「為了滿足慾望，他們開始搶奪人類的領地，也妄想要統治人間。『百家姓刪了個趙字，一開口就是錢』。說到底，還是為了自身利益啊。」

「但……他們為什麼會開始轉變？到底是什麼原因促使天使們重視利益和金錢？他們不是絕口不提慾望嗎？」我的腦袋無法接收如此震撼的事情，已經亂成一團。

「不確定。我只能說時代在變了，你那老骨董的想法也該跟上時代啦。」馬門翹起二郎腿，哼著不成調的小曲。

原來如此。天使跟惡魔的界線已經模糊不清了嗎？

連正義也變得跟邪惡一樣的時代，所有的規則已經混亂，沒有對錯之分。這個世界真是……太美好了！

§

惡魔靠著黑心食品慢慢腐蝕台灣，而天使族占領了高科技產業，以完全不同的角度進攻這塊土地。

我們以問題食物殘害人類身體、削弱人類體力；天使製造出來的電子產品則專攻心智方面，破壞大腦、扭曲想法、踐踏信心。

過於方便的科技使人懶惰，減少人類反抗的力氣；一大堆線上交友網站造成社會封閉，人們不再外出活動，和人見面或眼神交流，孤獨感和自閉性格在這個世界蔓延；在產品上安裝特別的電磁波裝置，直接毀壞腦部，讓人類失去獨立思考的能力；偷偷加裝的 GPS 追蹤器徹底掌握人民行蹤；錯誤的價值觀透過媒體快速散播，在他們心中種下扭曲的觀念，種族歧視、男性主義、減肥至上……

其實天使跟我們在做著一模一樣的事——統治人類。

天使族總是指責我們的做法，他們認為黑心食品是太過殘忍的統治方式，使用高科技茶毒人類才是「人道」的做法。根本胡扯！

但近幾年來天使責備的聲音漸漸弱下去，最近更是沒聽到任何批評惡魔的字眼。難不成真的被馬門說對了？天使被惡魔給同化了？

見到天使方派出的外交員之後，我又更加相信馬門的理論。

「你好，我是安杰科技公司的外交人員，敝姓米，名嘉樂。」面前的男子露出燦爛笑容，一頭黑髮整齊的往後梳，身上散發出薄荷的清香，連遞上來的名片都和他本人一樣乾淨整潔，給人的第一印象就是個有嚴重潔癖的傢伙。

「我是帝玉公司的葉誕汀，請多指教。」我保持不卑不亢的態度，開始這次會談的話題。

接下來的幾十分鐘，我們各自以多年的商場經驗，打起利益的攻防戰。靠著三寸不爛之舌和惡魔天生的深沉心機，我爭取到董事長交代的條件，還附帶一筆數量不小的資金，為首次的合作談話劃下完美句點。

商談的同時，我不停觀察米嘉樂的氣息。以前遇到的天使總是被光芒圍繞，皮膚會發亮般刺眼，身上帶著聖水的噁心氣味，但是面前的的天使連一絲光芒都沒有，雖然有可能因為偽裝成人類的關係，可是他身上散發出淡淡同類的味道又該怎麼解釋？

「米嘉樂，我必須承認，你們天使族最近順眼多了。」這大概是我今天唯一一句肺腑之言。

「是嗎？我也感覺惡魔族身上討厭的氣味越來越淡了。」米嘉樂微笑。

「那真是件好事。」

「或許吧。」

我們互相伸出手，做出象徵友好和定下契約的手勢。

惡魔跟天使的雙手緊緊的相握。

這可真是歷史性的一刻。

§

和天使們簽約之後，帝玉公司的業績成長不少，知名度更是直線上升。越多人類吃下我們的食物，越多錢進到我們的口袋，也更接近統治世界的偉大目標。

天使那一邊也收了不少好處，我們定期寄一筆錢到安杰公司，還提供特製的食物給他們，避免天使族跟人類一樣吃下問題食品。

合作關係良好，雙方愉快。

但大家都心知肚明，這種合作將不會長久，畢竟兩界可是上千年的世仇，總有一天要分出勝負。

「沒有永遠的朋友，只有永遠的利益。」董事長坐在沙發上，臉色鐵青。

身為小小的職員，我只能點頭稱是。

「那群白色混蛋，竟然不幫忙擋下媒體的輿論，根本想看人類把我們逼到牆角，再坐收漁翁之利，該死的傢伙！」董事長拍桌大罵。

夜路走多了會遇到鬼，這大概就是我們現在的處境。

做了好幾年的黑心食品，現在終於東窗事發，被台灣的媒體爆料出來，人民滿腔怒火的在公司外面抗議，要發言人出來給他們一個解釋。

但要解釋什麼？我們想靠有毒食物統治世界？想殘害人類的健康和智商？我們其實是披著人皮的惡魔？

怎麼可能說出事實。

「這一陣子媒體逼得很緊，再這樣混亂下去，惡魔族的偽裝遲早會曝光。」董事長嚴肅的盯著我，「所以，誕汀，我需要你擔任發言人，把這件事情壓下去，運用你的想像力和含糊的言論，給人類一個交代吧。」

以上，就是我現在站在台上，被一堆麥克風和攝影機包圍的原因。

「請問葉先生，你對於貴公司提供病死豬給各大餐廳有什麼解釋？」女記者緊握麥克風。

「我們絕對沒有使用病死豬，所有豬隻都是合法電宰豬肉，並經過專業處理，請民眾放心。這是衛生局檢驗的文件，我們都有通過嚴格把關，才敢讓消費者吃下本公司的食品。」我展示出偽造的文件，並露出專業微笑。

「那怎麼會出現病死豬呢？」另一名記者努力擠上前。

「可能是屠宰場的疏失，我們會盡快和負責人連絡，並保證不會再發生，給民眾一個完整的交代。」

「傳言帝玉公司還有使用瘦肉精，這是真的嗎？」

「沒有這回事，請社會大眾不要誤信傳聞，也不要散布毀壞本公司的言論，我們會證明一切都只是誤會。」

下台一鞠躬。

在這之後，事件又鬧了一個多禮拜，我出面講了無數的廢話和拿出一堆假文件，總算把這件事壓了下去。

而公司只停止營運一個月，又開始提供黑心食品到市面上。

畢竟已經吃了好幾年的問題食品，人類的腦袋已經開始衰弱，記憶力太過差勁的人們過不到一個月，就會把黑心食物的新聞給忘了，依舊開開心心的吃下有毒食物。

惡魔的計劃持續進行，這點小小的意外摧毀不了我們強大的野心。

「做得太棒了，誕汀，你真是帝玉公司不可或缺的人才！」董事長高興的拍著我的肩膀。

「這是我為了統治而做出的小小努力，不足掛齒。」我努力保持正經的表情，嘴角卻忍不住上揚。

「發言人的工作可以安心的交給你了，應付那些無知的人類對你來說應該易如反掌，你簡直是這領域的天才。」

「您過獎了。我願意為惡魔帝國奉獻一生。」受到魔王大人如此的稱讚，我差點就要跪下來親吻他的鞋子了。

自此，我運用訓練多年的口才和笑容，開始對付如潮水般的記者們。

§

二〇一一年五月，飲料添加有毒塑化劑DEHP，使用違法起雲劑製成食物香料。

「研究證實，塑化劑不會對人體產生致癌效果，請民眾放心。另一方面，本公司深感化學香料對人體不好，目前已開始研發天然香料，希望能夠取代化學品，帶給台灣優良的食物品質。」我誠懇的向鏡頭一鞠躬。

§

二〇一二年八月，乳品公司提供「牲畜食用」的過期奶粉，黑心奶粉流入市面。

「我們會對社會大眾負責，出問題的商品已經全部下架，並高額賠償受害者們。這件事攸關台灣孩子們的健康，帝玉公司將盡力補償。」我擺上痛心疾首的表情，這是對著鏡子練習上百次才有的成果。

§

二〇一三年五月，部分攤販及餐廳使用的醬油含有超標「單氯丙二醇」。

「這些物質都是醬油加工過程自然產生的，非人為刻意添加，而且無證據顯示會造成癌症，民眾無須擔心。本公司未來會注意食品製造的流程，避免消費者過度恐慌，造成不必要的糾紛。」手持熱騰騰的偽造文件，我對著攝影機露出微笑。

§

二〇一三年十月，連鎖漢堡店銷售的馬鈴薯含致毒物質「龍葵鹼」。

「關於此事件的真相，可能是馬鈴薯發芽導致的結果，我們會追查是否為員工疏失，一定會給消費者明確交代。請媒體朋友不要隨意猜測，若有不實報導，本公司將對相關人員追訴法律責任。」記者們蜂擁上前，鎂光燈閃得我眼花。

§

這幾年來，公司陸續被媒體盯上好幾次，而我也出面了所有的記者會。雖然有不少人類開始對帝玉公司產生懷疑，但本公司在台灣的地位越來越大，甚至到了屹立不搖的地步，即使出過不少問題，也沒有人膽敢到太歲爺頭上動土。要是失去帝玉公司的食物原料支持，全台灣恐怕會出現大饑荒。

而立下功勞的我被董事長重用，在惡魔界算是小有名氣的人物了。

「沒想到你這個大忙人會來看看老朋友，難不成天要塌下來啦？」馬門靠在門框上，挑著眉。

「休假一天，我挺閒的。」我看著打烊的 Devil 餐廳，黑漆漆的一片，正是惡魔最喜歡的亮度。

「聽說董事長要派你出國？」

「大陸分公司好像出問題了，我不得不去。」

「嘖嘖，當初沒想過帝玉公司會這麼成功，竟然可以往海外發展。」馬門感嘆。

「我們的最終目標可是統治全世界，留在台灣只會故步自封，無法跟上世界的腳步。況且天使經營的安杰科技公司也發展到美國去了，我們不能輸給那些忘恩負義的傢伙。」

「他們違背合約的事都過去好幾年了，別記仇太久。」

「別開玩笑了，惡魔的記仇功力可是一流的。不過話說回來，你明明有能力當上高階主管，為什麼寧願在這間小小的餐廳工作，也要拒絕升職？」這個問題我憋在心裡很久了，今天機會難得，不吐不快。

「在餐廳才能夠近距離跟人類接觸啊。每天欣賞他們津津有味的吃下黑心食物，統治計劃在眼前一步步實行，這滋味簡直……棒透了啊！那幅美景像毒品一樣讓人上癮，直達腦門的視覺衝擊提供無限快感，光用想像的就令人興奮啊。」馬門的雙眼閃爍著惡魔獨有的鮮紅光芒，舌頭滑過嘴唇，彷彿在品嘗極品美食，「誕汀，你真該來餐廳工作一天，看客人絡繹不絕的進到店裡，爭先恐後的吃下有毒食物，那是當外交員無法體會的快樂。」

「聽起來真誘人，我會考慮看看的。」我微笑，這次是難得發自內心的笑容。

§

我站在櫃檯旁，看著客滿的 Devil 餐廳。

馬門果然是對的。

客人們來來去去。有的攜家帶眷，親手餵給孩子大口的食物；有的付了巨額現金，點了菜單上最高級的食物，想要好好犒賞自己；有的甚至擺出一副專業的樣子，為食物打上分數，據說他們有個特別的稱呼，叫做美食評鑑家。

不管是什麼類型的客人，我只要看著食物進入他們的嘴巴，就有一種想笑的感覺。那是勝利的滋味，能引發惡魔心底最極致的快樂，讓我們的嘴勾起最邪惡的弧度。

即使成為公司重要的高層職員，或是在地獄得到響亮的名聲，都比不上這最原始的快樂，享受直接進入眼底的絕世美景。

人間，已經變成惡魔的遊樂園了。

至於天使？散發著同類氣息的他們已經不足以構成威脅。漸漸的，這個世界只會剩下欺騙和不信任，跟地獄一樣充滿絕望。

門上的風鈴響了起來。喪鐘被敲響，又有無知的羔羊走向死亡陷阱。

我整理好儀容，掛上千篇一律的微笑，朝推門進來的客人鞠躬。

「歡迎光臨。」

是的，歡迎光臨地獄。

評析／黃致中

參賽作品多以歷史事件或人物改編為奇幻故事，因此，這篇以食安問題這類時事議題的諷刺小說顯得相對惹眼。筆法詼諧，觀點有趣，天使與惡魔沆瀣一氣，以不同方式試圖洗腦掌控人類。天使掌握了最新的科技，惡魔則是從最傳統且基本的需求：食物著手，這對比很有意思。雖然目前的篇幅只是諷刺小品，神魔之間既競爭又合作的關係有發展成長篇的潛力。

雖然有趣，就諷刺而言，仍稍嫌不夠銳利。目前天使與惡魔的陰謀都是幾個角色出來嘴巴說說，然後事情就順利地推下去了。過程有些阻礙，但整體而言人類只能被搓圓捏扁毫無抗力，這其實有些可惜，因為太順利的陰謀會讓一切顯得太輕易，批判也因而離開現實的地面而失去力道。現實的情況並非沒有抵抗，而是「抵抗之後還是失敗了」，這轉折指向的其實是更深的絕望，也因而批判力道更強。如果未來有改寫或擴寫的想法，不妨試著真的讓主角碰到些麻煩，雖然最後結局可能還是惡魔贏，但這纏鬥的過程會帶出更多選擇、勝負與起落，諷刺的痛點也因而能被帶到更廣、更深的層面。

存在

文／李珉（曙光女中）

作者簡介

專題終於結束但是實習還在繼續的大學生一枚。

有幸能被選為十周年精選的一份子，我深感榮幸。現在重新翻閱自己所寫的文字，深深感覺到了當時文筆的不足以及視野的狹小，很感激評審們給予如此不成熟作品的肯定。

於我而言，這份獎項迄今為止仍是我人生中最具意義的獎項，是對我所寫的文字與幻想之物的嘉許，彷彿跌撞前行的步伐有了倚靠的明燈。對於當時選擇要參加獎項的自己，也不禁要予以肯定：做了這個決定，真是太好了。

挑戰了曾以為自己所不能及之事的感覺，是如此的美好。

現在的我，雖然已經不再參加任何獎項，但是仍然繼續著寫作的熱情與動力，將自己所構想的世界，以文字勾勒出其中的瑰麗與綺麗，這種事情不管過了多少年都無法讓我厭膩。

因為那宛若是將設計圖逐步蓋築而出的、屬於自己的城堡。是我的世界。這很叫人激昂對吧？不管是否有觀眾，不管現實多麼不堪，這裡依然屬於我的天地，我所有摯愛的美好，我所構想的喜怒哀樂，人物與悲歡離合，都像是從虛幻凝聚出了實體，踏到了我的眼前，即使是脫韁也無妨，那樣的不受控也是寫作樂趣的一環。

想必我未來，仍然會為此而著迷不已。

「吶、我告訴你路吧，跟我走好不好？」

她說，歪著頭笑得清澈燦爛。

對面那個稚嫩的孩子眼神失焦，輕輕緩緩地，點了點頭，邁開步伐。

而她，咧開唇角。

我們，來、玩、吧！

民俗研究者根據田野調查採訪，普遍認爲其不明確屬於民間信仰中鬼、神之分類，是台灣民間信仰中一種出沒於荒野、山林的精怪。也有一說，認爲是兒童或婦女甚至是登山者的枉死鬼魂，亦可能爲其他過渡的信仰複合體，性格調皮喜愛對人類惡作劇，不畏日光。其名爲，

——魔神仔。

哼著歌，她坐在樹梢上晃著腿，俯視著地上慌慌張張的人類，嘻嘻地笑著。

凶殺案呢，真是的，怎麼偏偏選這座山呢？害她無法拐走人來陪她玩了……青壯年實在很難迷惑呢，真糟糕，看來會無聊好一陣子了。

警察們忙進忙出，在山裡頭來來去去，她看了會，覺得看他們辦案也有趣，畢竟從來沒親眼看過，而且這個位置，是算深山了，平常根本不會有人晃進來，害她難得

才能找到人陪。不過這下可好了，她大概好一陣子都會不得安寧了。

嘛、也好啦，省得這山老是這麼寂靜無聊……

「拍完照了嗎？那趕緊收拾一下，把死者遺體送往楊法醫那吧。」一名大約是領導階層的警察說。

「好的，這就通知一下法醫室。」另一名員警回頭道。

法醫……是解剖屍體的那個職業吧？

她依然晃著腳，卻停下了哼歌，歪著拉上紅帽的腦袋，想著。

唔嗯，不管怎麼樣，希望這些員警們可以再待久一點，不要這麼早讓這片山林恢復幽靜。雖然很對不起這裡的昆蟲鳥獸們，可是這樣比較熱鬧嘛。

「這麼小的孩子……兇手真狠……」辦案現場總是有民眾喜歡圍觀，更何況這裡本來就接近登山口，幾名大約是遊客或登山客的人在遠一點的地方議論紛紛。

「就是說啊，只是個孩子而已……」

「希望能趕快逮到兇手……」

兇手啊……話說回來她昨天明明就在附近而已，為什麼會沒察覺到有這種事情發生呢……

「警察先生，能盡快找到殺害我妹妹的兇手嗎？」年輕的聲音，一名年紀大約有十幾二十歲的男生哭紅了雙眼，手攙扶著身邊哭到癱軟的婦人，凝視著員警，顫抖著詢問。

「妹妹啊、為什麼……為什麼……」婦人哭喊著，抽著泣，好像快喘不過氣。

見狀，婦人另一側年紀看來差不多的中年男性連忙拍了拍她的背，低聲安撫著，臉上表情哀悽。

「我們會盡力。」才開始展開調查，警察實在無法給予肯定的答案，只能夠如此說道。

「我明白了，請你們務必盡早抓到犯人。」男生強忍著眼眶的淚，臉上的表情融合著悲傷與憤怒，「絕對要他付出代價！」

她連晃腳的動作都停了下來，把手肘撐在膝蓋上，托著臉頰，端詳著男生臉上那種夾雜著恨意的悲哀憤怒，覺得有些沉重。雖然她不是人類，可是也感覺得出來那個男生的情緒相當強烈，讓人有種若是找到了兇手，他絕對會跟對方拼命的感覺吧。

唔，可是那樣就變成他也有罪了吧……

警察對此沒有多說什麼，他明白面臨這種事情誰都會是激動的，也不是第一次碰上這種要兇手償命的家屬，而他們也只能保證會盡可能早點抓到犯人。

蓋著白布的擔架從拉起的封鎖線抬出，婦人頓時撲了過去，卻在警察上前阻攔前力不從心地跌坐在地上，哭得狼狽、哭得柔腸寸斷、聲嘶力竭，那聲音、那模樣，深刻到旁人心裡，是心酸。

好幾個旁觀的人像是被感染似的，臉上也出現類似的表情，甚至有人像是不忍，開始紛紛走避。

今天的樹林，沒有平常的安靜，但也絕不是熱鬧，有點凝重。

她坐在樹梢上，沒了方才的興致。

是夜，她恢復了些許精神，想著有沒有人可以陪她玩。

可是想想白天才發生那種事，根本沒人敢進來吧，更何況兇案現場應該還有警察守著。

該怎麼辦呢？難道要繞到別的山頭去看看嗎？可是以前從沒離開過啊，雖然不是人類，但是說不定還是會迷路。

迷路可就不好了呢。

她煩惱地坐在高土丘上，撐著膝蓋歪著頭，苦惱。

啪沙。踩在枯葉枝上的聲響，逐漸靠近。

她停下了苦惱，把視線投向了聲音來源處，等著，猜想著什麼人會在這種時間跑來才發生那種事的深山裡。

一道人影緩慢地移動而來，她卻倏地緊繃了起來，腦袋裡像是有什麼東西在一跳一跳的，讓神經變得敏感，就像是有股寒氣爬上了自己的背脊冷了渾身上下，激得她微微寒顫。

什麼人？

她身為人們所謂的魔神仔好些年，拐帶老人孩子什麼的從沒少做過，而人們會在發覺人被拐走時請山神土地公城隍爺什麼的來鎮壓、或者製造極大音量來嚇她讓她放人也是常態了，但沒一次讓她覺得如此不安。

但這不可能啊，人們並不曾在這時間請神敲鑼打鼓放炮什麼的，更何況她這陣子並無拐帶人啊，又怎麼會有人想來嚇她要她還人？

她屏息以待，扶在樹上的手指掐緊了力道，指尖傳來疼痛，她卻無暇理會，此刻只能全神貫注。

或許她應該要逃，可是她卻發覺自己動不了，像是被嚇傻的人類一樣。

魔神仔這類精怪的視力讓他們不必藉光也得以看清事物，映入她的眼簾的是一名人類，一名上了年紀的老人。

老人家踩著不算快，卻帶著優閒的步伐，一步步地靠近，不是迷路、不是漫無目的，而是精確地往自己的方向走來，甚至在離自己所待的這棵樹木幾公尺遠的地方停了下來，仰起斑白髮色的頭，炯炯有神的眼穿透了黑暗，凝住了她，她看見老人露出了笑容，皺紋隨之起伏。

那應該要是和藹的笑容的，但在她看來卻覺得寒毛直豎，腦中的警鈴不斷地催促著她快逃，她的身體卻依然不聽使喚。

「妳就是這裡的魔神仔嗎？」老人開了口，蒼老的嗓音平淡地詢問。

「呵呵……是啊，我就是。」即便本能不斷地在對自己做警告，她依然沒有退縮，回嘴道：「我也知道你是誰喔，是那個吧，警察們在白天時說的楊法醫。」

她是精怪，所以她嗅到了，屍臭的味道，不濃、甚至可以說是極為清淡，但是她還是嗅到了。那屍臭，又混雜了藥水的味道，她說不清是什麼樣的藥味，但就是藥味，直覺認為，白天警察說的人就是這老人家了。

「不過只是表面吧，你實際上、是什麼呢？」她問，也不管自個冷汗直流。

老人平靜地笑著，「不錯，妳很敏銳。」他的身上，開始泛起了濃烈的陰氣，跟鬼不一樣，而是某種更加……

「……原來如此……」咬著牙，她極力克制自己失控尖叫，幾乎是恨恨地唸道：「鬼差嗎……！」

面前的老人身上散出了淡淡的，類似於霧的東西，但她明白那是冥界的特有的氣息，那是跟孤魂野鬼等級差距極大的另外一種非人，是鬼，但是被賦予了職位，上級的冥界人。

而對她來說，這種存在也是種威脅，就算是精怪，像她這種以幻術來惡作劇的精怪又怎麼比得上冥界的鬼差呢！真是太倒楣運了！

身上朦朧地罩上了一層薄影，她看見老人的面容正逐漸改變……不對，而是有一層影像浮現在了老人面前，老人的面容逐漸變成了另外一張臉孔，大約二、三十歲，還看得出是同個人，她想，大概就是那老人年輕時的容貌了。

但那都不是重點，重點是，對方身上化出了黑色的袍子腰懸長刀，陰冷的陰氣不斷地擴散開來，好似要將這塊地方凍結一般。

是了，這是那老人靈魂真正的模樣，一個鬼怪看到都要逃的冥界鬼差。

「呵呵，鬼差大人找我做什麼？我一個小小精怪可不在您的管轄範圍吧？」扯著逞強的笑顏，她握緊拳頭，第一次覺得如此害怕。

對方可完全有能力在瞬間把自己拖往黃泉啊。

「嗯，魔神仔的話，是不在。」變年輕許多的聲音，但是卻帶著不符合年輕聲音的滄桑感，「所以我是來找人魂的。」他凌厲的眼像是要貫穿她般的銳利。

「來問我這山裡的凶殺案嗎？」鎮定了心神，她道：「我可沒看到喔，話說回來，鬼差大人這樣可好？即便靈魂是您，那依然是已經蒼老的人類身軀，這大半夜的，不大好吧？」這絕不是關心，只是不甘心的小小抵抗。

「沒很久，等下就會跳轉回去了，何況『現在是我』，沒問題。」回應了她不甘心的反抗，人類時為台灣法醫傳奇的鬼差淡淡地說：「是說我才想問呢，沒看過自己的模樣嗎？魔神仔？」

「什麼啊？您老還將這世的魂跟本魂意識分開嗎？真費工夫。」從對方的強調字眼推出事實，她歪了歪頭：「有啥好看的？還不就是孩子的模樣。」這她早就知道了。

「是沒錯……」雙手環胸，鬼差輕輕挑眉：「但我說的可是現在啊。」

「什麼跟什麼，都多少年了還用得著看自己什麼樣子嗎？根本不會改變。」忍住翻白眼的衝動，但想想自己有帽子遮臉又有什麼好怕的，她不屑地道。自己可是魔神仔，是精怪，存在以來容貌便已定型，再不會改，又何必管以前現在。

鬼差沉默了下，好半晌才似笑非笑地道：「原來如此，妳沒留意到啊？還是、只是因為忘記了而已呢？」

「……什麼意思？」沉下臉，她開始感到某種奇怪的感覺油然而生，但她不明白。

「妳覺得魔神仔是怎麼樣的存在？」鬼差拋了好似不相干的問題回應。

「……生活於荒野森林間，喜愛對人類惡作劇的精怪？」她其實不太確定人類是怎麼評價他們這麼一個存在，所以她沒有使用肯定句。

「那妳有印象以來，活了多久？」沒有回答對或錯，鬼差繼續問道。

「百年吧，應該快接近兩百，我們可不是人類，不太數日子的。」

「那麼，妳知道我人類時的全名？」

「知道啊，不就是楊日松嗎？」她理所當然地道。

鬼差輕笑：「妳可是生活於荒野裡的精怪啊，妳倒是告訴我，有哪個遊客會在這山裡聊法醫的？妳剛剛不是說警察說的是楊法醫嗎，那又怎麼會、知道我的全名呢？」

微微一愣，魔神仔下意識地開始搜尋起腦袋裡的回憶，她記得這個名字，但是好像是有誰在叨叨唸唸著的，而不遠處的那個黑色盒子裡，上頭閃爍著彩色的圖在動著，上頭正是鬼差人類時年老的模樣。

『跟妳說喔，這個人啊，是法醫界的傳奇、是台灣的福爾摩斯！雖然聽說他老人家只承認自己是法醫啦……嘛，反正啊，我未來也希望能跟他一樣！』開心的揮舞著拳頭，興奮而充滿理想的語氣，那種燦爛的笑顏……

『是喔……那你就好好加油吧哥哥。』不怎麼感興趣的嗓音，帶著稚嫩。

『敷衍！太敷衍了！』那個人抗議著。

而那個嗓音稚嫩的主人依然一副敷衍的模樣，不予理會。

模糊的景象，但歡樂。

……這些是什麼？她為什麼會……

「看來是注意到了啊。」鬼差看著魔神仔的神色變換，淡淡地扯了扯唇角：「那麼，能告訴我妳的名字了嗎？小女孩。」

魔神仔望著他，眼神也些迷茫，好一會兒才像是忽然想起似地回答道：「我叫、叫……妹妹……？」

鬼差抓了抓髮，嘆了口氣：「看來還不是記得很清楚啊……妳叫做林雪，實際年齡為十歲，接近昨日子時時死亡。」

「咦……！」從混亂中清醒，紅衣小女孩模樣的魔神仔震驚地望著鬼差，覺得投下來的炸彈太大，反駁道：「你在說什麼啊！我不是說了嗎我從百多年前就活在這片……」

不對。

她好像明白為什麼這個鬼差會這麼說，她好像依稀有印象，她曾住在遠離山林的地方、某個充滿人類的地方，而這山……她應該是第一次進……而且，再也出不去了。

腦袋好像快要炸開，魔神仔茫然地盯著鬼差，痛苦地皺眉：「這到底是……」她應該要是魔神仔的，但是為什麼，她又覺得自己是個人類……她不明白啊！完完全全、不明白！

「我想，妳應該，既是林雪、也是魔神仔。」鬼差環著手，很冷靜地說著自己的判斷：「妳該想起來了，妳是在這座山被人所殺，可是卻碰上了原來的魔神仔，讓她給救了，這才有了現在的妳。」

「我是林雪、是魔神仔、是人類、是魔神仔……」她呢喃著重複，彷彿有兩道靈魂正用一具身體互相抗爭，眼神失焦。

『吶、我告訴你路吧，跟我走好不好？』

突地，腦袋中跳出這句話，然後就像是開關被打開似的，無數影像開始竄出來。她記得，她好像來到了山林入口，看到了有個年紀與她相差不遠的孩子向她揮著手，身穿紅衣，而她走了過去。對方的上半身埋藏在夜色裡，似乎是笑著的，開口，而她點頭，跟上對方的腳步。

她記得，跑到森林邊緣，看到了八成是遊客的小女孩在外頭徘徊，抱著惡作劇以及想要有人陪的心態，像那個人類的孩子揮起了手，催眠了對方神志，一如過往百多年來她曾做過的無數次一樣。

然後，她看見了紅衣的孩子再度轉過頭時，臉上露出了驚恐的神情。

然後，她看見一個男人手持小刀，往那個女孩身上劃過，鮮血四濺。

身體沉重然後又變得輕盈，眼前由黑暗再轉彩色，第一眼她看見那個紅衣的孩子滿臉的苦澀跟懊惱，卻對著自己伸出了手，硬是露出溫柔的笑，滲了點苦，開口。

眼前的景象太過震撼，她忽然間察覺到要不是自己拐了這個人類孩子來森林，也許那個男人就不會有下手的機會了，所以她對著脫離身體的魂魄伸出了手，開口。

『把妳的手給我，讓我延續妳的生命。』

她說。

孩子怔怔地將手遞給了她，她用力地握住了孩子的手，柔聲對著孩子說道：『就當是我欠妳的了，雖然當魔神仔的日子很孤寂、很孤獨，想有人陪還得用拐的，但至少妳還活著。』還存在著。

用另外一隻手撫上了孩子的額，魔神仔低聲呢喃：『貢獻吾之生命，給予汝之續存，即刻生效。』她的掌心發出溫暖的鵝白光芒，逐漸籠罩住了她們兩個……

「全想起來了？」鬼差以魔神仔臉上的神情作判斷，挑著眉，毫不意外。

「……嗯，想起來了，全部。」包括她活過無數個孤寂的年頭，包括她曾瞧見的、那個男人的臉……全部都想起來了。

「那麼，妳是誰？」放下了環著的手，鬼差把手搭上了刀。

而紅衣的孩子眼裡露出了沉著冰冷的光輝，稚嫩的臉蛋上表情成熟。

「我是林雪，也是魔神仔。」

是了，從她貢獻了生命的那刻開始，她就融進了她的體內，擁有人類的魂魄魔神仔的身體，擁有人類的意識，也有魔神仔的意志。她們的記憶混雜在一起，已再無法分開，所以她是她，而她也是她，所以她們兩者皆是。

而全部都想起來的這一刻起，她的內心掀起了滔天巨浪，分不清是誰的情緒，但是那也不重要了，畢竟她們是同一個存在。

「為什麼、要殺我……人類真是奇怪……」她握緊了拳頭，臉上的表情既是茫然又是難過，有著憤怒也有著恨，口吻像是兩者同時並行。

「那不是妳的錯。」鬼差絲毫不在意她們的特別言行，逕自道：「但是那是妳的命。」

「所以命到了，就該死？」紅衣女孩的唇角扯著冷冽的弧度：「還這麼小呢。」沒有人稱的話語。

「林雪在昨日命就注定該絕，」沒有絲毫動搖，鬼差公事公辦的道：「若不是魔神仔伸手干擾，現在林雪就該是一抹遊魂。」

「所以你是來接她的嗎？」魔神仔臉上透出戒備。「她是我護下的——」

「妳要讓她跟妳一樣，忍受幾百年的孤獨寂寥嗎？」鬼差冷淡地回應了魔神仔略帶激動的話語。「她只是個人類。」

微怔，紅衣的孩子握了握拳，好幾次欲開口，最後低下了頭：「只有一個人的話，我怕……可是我現在有她，所以……」

「那麼，妳的哥哥怎麼辦？就算他看不見也不曉得，但，也不會希望妳待在這座山裡百世孤寂。」瞇了瞇眼，他銳利地問。

「這個……」紅衣孩子手指繳著外套衣襬，咬著唇，掙扎，隨後一皺眉，冷聲道：「別這樣逼一個孩子。」

「妳啊，跟人類的記憶混在一起就忘了自己是精怪了嗎？」鬼差轉了矛頭：「明明精怪並不在乎這個的吧，要不然妳又怎麼會三番兩次誘拐孩子，以致於現在變成這副模樣？」

「……不要你管。」像是被針扎中一般的表情，深呼吸一口氣，魔神仔望著鬼差，「你想要我們怎麼樣？」

「妳看到那個人的臉了吧？我就問這個。」鬼差宛如深潭般的黑色眸子泛起銳利的冷輝：「妳，恨嗎？」

「——我，恨。」紅衣孩子模樣的魔神仔露出猙獰且冰冷的神情，口吻再肯定不過。

「如果想要去報仇的話，我不會阻止。」鬼差退後一步，攤手：「但是我得先說，若是殺了人的話，罪是要加在林雪身上的，到時候，會一併列入審查中。妳知道的吧？殺人是重罪，有著帶罪之身的魂，要想從地獄出去可沒這麼容易。」

「妳捨得讓林雪受到更多苦嗎？」

魔神仔瞪著鬼差，低嚷著：「所以要我就這麼放過那個人嗎！」她不平、而她不解，為什麼不行？那個人可是殺了她的！

「他殺了林雪，所以早就已經有罪狀了，不用妳們出手，他遲早也會得到應得的報應。」清楚冥府流程的鬼差不冷不淡地道。

「……我等不及，我現在就想殺了他！」扭曲著臉，魔神仔的紅衣飄蕩。

「妳又何必為了那種人弄髒那個孩子的手，更何況，那畢竟還是林雪的血親。」

鬼差冷淡地提醒：「不要讓妳的情緒帶動林雪的想法，妳自己剛剛也說過了，魔神仔，林雪還只是個孩子。」

殺人什麼的，就算現在已經死了，也還是太過污穢了。

不值得的。

魔神仔啞口無言，她當然知道是她想殺了那個男人，因為他的關係，她本來跟以往一樣只是把人帶進山裡晃晃拋個幻覺出去玩然後再把人給放了的小小惡作劇，硬生生變成了害死一條生命的幫兇，因此，她可是超不開心的。

而林雪，那個小女孩，只是不解為什麼自己的血親會對自己這樣痛下殺手，恨什麼的，對她來說還是太早了點，十歲，還是一個該天真該無憂無慮的年紀，又怎麼會懂。

「……我明白了。」最後，魔神仔妥協了，極其不甘願地，「我不會去幫她報仇，但是，我要讓他知道，到底什麼叫做魔神仔。」還有，這個已經跟自己融為一體的女孩，也要讓那個男人好好明白，到底什麼叫做生命。

「隨便妳。」聽懂魔神仔的意思，鬼差沒打算阻止：「用妳的拿手絕活就好，妳知道法則的。」關於不能夠傷／殺人什麼的。

「知道。還有，你真是太奇怪了啊，鬼差大人……」

紅衣魔神仔跳下樹，露出了碰到鬼差後第一個發自內心的笑：「不阻止我就算了，居然還提供方法……你這樣沒問題嗎？」跟她所知道的其他鬼差，實在差很多啊，她還以為會二話不說就把林雪給帶走，可能還會順便帶上她。

當然有可能會是身為魔神仔的她被整個化掉就是了。

「何必呢，反正不過就是嚇嚇而已，又有什麼好阻止的。」鬼差不以為意地道，「不過奉勸一句，妳可不是幽靈，就算沒有陰陽眼人類也一樣看得見妳，對人類這種生物來說，妳畢竟還是『不應該存在的存在』。」

「呵呵，這點，鬼差大人也一樣吧。」魔神仔一步步往後退，她的身影逐漸隱沒在黑暗之中，「您可是堂堂鬼差呢，怎麼會這麼『人情味』呢……」

「我『現在』可是人類哪。」

「但你可沒讓身為人類的部份知道自己到底是『什麼』啊，而且照理來說其實你實在不應該會用這種樣子來處理公事的……」連聲音都快要沒入黑暗之中，魔神仔正逐漸遠去。

「鬼差大人就等一下吧，我很快就會回來了。」魔神仔的嗓音顯得淘氣稚嫩：「到時可要告訴我啊！」

「哎，我可沒說要告訴妳啊……真是個孩子。」鬼差喃喃自語。

滴滴答答。

大掛鐘在走著的聲音，在夜深人靜的時候顯得特別清晰明顯。一下一下地，就像是在敲擊著他的心、他的靈魂，敲擊著他打從心底浮現的心虛與罪惡感。

滴滴答答。

他不是有意要殺了她的，那只是個孩子……但是那個孩子只要存在，就是證明他犯錯的證據。

她是他的親生孩子，卻不是孩子她哥的母親的親生女兒。

滴滴答答。

十年前的時候，孩子的母親懷了孕要生產，由於生產前遭受車禍，孩子就這樣沒了，是個女孩。

但是那時候孩子的母親已陷入昏迷，不曉得孩子已不在，可是他明白老婆有多想要一個女兒。

而剛好在那段時間，他曾經有過一夜情的女人帶著一個嬰兒找上門來，是女孩，告訴他她無力撫養這個孩子，所以要把孩子給他，從此之後母女間再沒關係。

那對他來說簡直就是天上掉下來的恩賜，是幸運，所以他偷梁換柱，把那個孩子當作是他們夫妻倆的結晶，在老婆從三個多月的昏迷中清醒後，他告訴她的妻子孩子沒事，孩子活了下來，一切都變得順理成章。

他本來以為幸福和平的日子可以持續到終老的，但終究證明了那只是他的癡心妄想。

血緣，會說明一切。

在孩子七八歲那年，孩子好奇地問了他們夫妻倆自己的血型是什麼，他們不知道，但是卻也沒立即帶孩子去驗血，很多家庭都是這樣的，也許有疑問，可也都是拖到很多年以後孩子都長大成人了才去驗，所以老婆並沒有多想。

可是孩子的問題卻在一瞬間打醒了他的夢，他一直以來不想理會的真實。

是啊，血型、血緣。

他是O型血，他的老婆是AB型，而若是沒記錯的話，孩子的生母、是O型。

按照生物學上簡單的排列法，O型的組成是兩個小i，而AB是一個大I^A跟一個大I^B，所以兩者組在一起只會出現A或B。但是兩個O型血的下一代只會出現O型，就只是O。

所以他不用驗也知道，這個女兒的血型絕對會是O型，而如果讓老婆知道了，那勢必就會是一場家庭革命。

他好不容易才維持住的家庭，瞞了七八年的秘密，在他即將淡忘的時候，又重新加深了印象，甚至還刻了印、刺了針。

為了不讓他的家庭碎掉，為了不讓他的秘密被發現，他開始有念頭要將這個女兒送走送遠，而最後，是消失。

他掙扎了兩三年，也意味著他想了兩三年，但是他沒想到最後居然會是在那種山裡那種情況下殺了自己的女兒，他一直以為自己只是想想，卻沒想到那生了根的念頭卻伴隨著衝動，真的扼殺了那一個懵懂無知的孩子。

都是因為衝動，因為心中的黑暗，因為他的心魔。

但是再多懺悔與懊悔，也換不回一條生命。

男人抱著頭，痛苦地低低嘶吼。

而時鐘的滴答聲，曾在悄然間不自然的停頓一事，自然不會知曉。

魔神仔回來的速度比鬼差預想的要快。

「怎麼？沒動手啊？」抬眼瞥向一個多小時前魔神仔消失的陰影，鬼差挑起眉宇。

「……爸爸看起來很難過……」從陰影中浮出身影，紅衣女孩低聲喃喃，魔神仔低哼：「他足夠痛苦了，犯不著我出手。而且反正你人類的時候會想辦法辦那個人吧。」

「呵，果然心軟啦。」鬼差沒有絲毫訝異，只是近乎調侃的語氣。

「你早就知道了是嗎？」魔神仔瞪他。

「妳體內有林雪不是嗎。而且就我所知，魔神仔雖然喜歡向人類開些玩笑，卻很少會害人死亡。」鬼差輕哼：「如果決定不再動作，那就決定吧，看林雪是要繼續待著，還是要走。」反正就算融在一起了他身為鬼差還是分離得出來的。

「我……」小女孩皺緊了眉，稚嫩的臉蛋透出苦惱，而魔神仔卻只是淡淡一笑：「妳走吧，下輩子一定要好好長大喔。」

「……姐姐要繼續待在這種地方嗎？」依依不捨，林雪忍著淚問。

「嗯，這裡畢竟是我的山。」魔神仔平靜地回答，隨後抹掉了林雪的淚，柔聲道：「好了，去吧。」

林雪乖巧地點頭，然後將手搭上了鬼差伸出的掌心，與此同時，她的身上綻出了幽藍色的光輝，不出幾秒，半透明的靈體從紅衣魔神仔的身上竄了出來，被鬼差輕輕地牽到身邊。

「好了，我們走吧。」鬼差握著小女孩靈體的手，轉過身。

「等等，你還沒告訴我呢。」站在原地的魔神仔露出了淘氣跟沉著混合的笑容：「鬼差大人怎麼會以這種姿態現身呢？」

停下腳步，鬼差沒有回頭，「……我現在可是休假中呢，結果因為離妳這事最近的關係，害我不得不出來處理。」要不然，他才不管呢。

「就我所知，鬼差雖然仍有轉世的機會，但沒想到你會是『醒著的』呢。」魔神仔歪頭，輕聲道：「是因為這世選擇法醫，太常接觸到陰氣的關係嗎？」

「算是吧，雖然在那之前已經猜過會了。」鬼差低垂著眼簾，平靜地開口：「不過選擇法醫，多半是因為『我』想還給死者們一個公道吧，就算鬼差早就知道是怎麼死的、又可能是誰殺的，可是在陽世的其他人卻仍不得而知。那些家屬，那些兇手，一個該知道真相，一個該付出代價，就只是這樣。」

而兇手到了冥界，則還會繼續行刑。生命是沉重的，而存在亦是，所以他認為那些人都應該要明白。

「這樣啊……鬼差大人，」魔神仔輕笑：「您真溫柔呢。」

「溫柔二字是用在這的時候嗎？何況我可從不認為。」鬼差腳邊化起了更加濃重的陰氣，形成了煙霧，逐漸包覆住了鬼差與小女孩的身體，而他們邁開步伐往前走，沒有遲疑。

「嘛……可是我可不認為自己有說錯。」魔神仔喃喃自語。

要不然，怎麼還有空在這裡耗掉這麼多時間呢？一般的鬼差都是二話不說就動手的。

不想再多想那個大概沒機會再見的鬼差跟小女孩，魔神仔抬頭望著樹枝間透出的月光，低語。

「嗯，接下來該怎麼打發無聊時間呢……」

決定了，那麼就……來、玩、吧！

評析／黃致中

溫柔的妖怪故事，有點像會在《夏目友人帳》（台譯：《妖怪連絡簿》）裡登場的那種可愛的妖怪，台灣特色的魔神仔與鬼差，還有客串演出的楊日松。事件背後的罪案雖然有些八點檔，但那也不是重點。重點是角色的魅力與互動展現的人情味。無論化身為紅衣小女孩的魔神仔或負責收魂的鬼差，都有一種溫馨的善意，是個治癒系的小品。

雖然角色有魅力，細節仍有改善的餘地。作者的書寫看似受到動漫影視的影響甚深，雖然那也未嘗不可，但如果令人感覺「這故事如果改編成漫畫會更精彩啊」，其實等同於用另一種方式在說它並未發揮文字這種載體專屬的魅力，這是許多作品共通的問題。雖然影像時代的作者是不可能回到純文字時代的思考模式，仍不妨想想什麼是「只有小說能說得好的事」，比如說到幾百年的孤獨寂寥，如何讓這感受不只是一句對白，讓讀者更感同身受地明白魔神仔這種生命型態特有的世界觀與體驗。試著說好那些影像也未必能表達清楚的事，寫作才有進步的空間。

此外，設定還可以更講究些，比如把鬼差設定成黑袍帶刀的帥哥實在有些偷懶了

（讓人想到某個同是黑袍帶刀導引遊魂的作品……），在台灣鬼差帶的多是法器。試著更了解奇幻元素背後的文化脈絡，才能寫什麼像什麼喔！

螢

文／鄭凱豪（師大附中）

作者簡介

鄭凱豪。一九九八年生，臺北木柵人。畢業自國立師大附中，現就讀於國立臺灣師範大學國文學系。閱讀速度偏慢，不過還是相當享受各種短篇故事、類型小說與翻譯文學所帶來的刺激與震撼。

最崇拜的作家為艾莉絲・孟若，總希望有朝一日能夠淬礪出一雙同她敏銳機警的眼。如今〈螢〉在贏得第七屆全國高中職奇幻文學獎的首獎以後，又有幸獲選為奇幻十年精選之一，使我分外確信自己的這份心願並沒有過去想像的那般縹緲而遙不可及。

再次感謝一路上支持著我、鼓舞著我，並且對〈螢〉予以肯認的所有評審、師長以及親朋好友。感謝彰化高中圖書館提供的每一次機會。

最後感謝廖添丁。真正為這篇故事的文字宿上靈光與生命力的人，是你。

金黃色的光點四下顫抖著，有些東西散佚在那一粒粒的光芒之中：或是各色的武器；或是那夜朱門富戶的門禁；或是一張信紙；或是他已許久未見的男人。

唐山師傅？

男人頭也不回走了，身後緊跟著一名女孩子——但她是誰？

金黃色的光點不再顫抖，顏色起了某種變化，不再是金黃色了。

有什麼不對勁。

廖添丁忽地醒了。朝暾從葉的簾幕篩了進來，灑得他除卻兩圈熊貓眼，全身金燦燦的，像是從裡到外都裹了金箔。他抬頭一看，太陽離天頂仍有段距離，似乎在他睡著的這段時間沒移動多少。可能因為肚子餓了，才躺沒多久就清醒過來。也有可能是癢醒的，雜草搔得他的腳踝有點兒癢——儘管比起給蚊蟲叮得活像起了疹似的胸膛，這點癢根本不算什麼。

他費了些時間才適應周圍明亮。狡黠的光芒在他的瞳孔裡炯炯躍動，他四下顧盼，把八月份與陳榮一夥從巡查宿舍竊來的村田式步槍牢牢抱在懷中，胳膊如兩條死纏獵物不放的蟒蛇。現在哪怕打個盹，他也槍不離身，這是他手邊僅剩的防身武器。不知是誰通風報信，前天晚上保正和壯丁團找上門來，他藏在山腰附近的一把配劍（同樣是從巡查宿舍偷來的）和另外一把村田槍（兩個月前在基隆逃亡時朝警方開了兩槍的那把）也因此丟了。若非及時藏身於荖阡坑的猴洞，廖添丁絕對難逃一劫，屆時丟掉的恐怕也不僅僅是武器而已。

他目前倚著的這棵芭蕉樹位於觀音山的尖山尾，是猴洞下面樹幹最粗的一棵。藏匿在此的期間，廖添丁沒有一晚睡過好覺，前天晚上九死一生更是把他逼得神經過敏。躲進觀音山前，他在楊興家避了幾天風頭，就是那時聽情婦謝員講：原來兩個月前被他槍殺的男人叫陳良久，是基隆廳的日本密探。第二彈射穿他的臂膀，死了。

實在是不走運。廖添丁開那兩槍純粹是想嚇唬嚇唬對方，讓他們知難而退，豈料不只見血，還鬧出了人命。他也明白殺人是得償命的，因此缺席審判，早早亡命天涯。如他所料，法院判處他死刑，稍後便發布全國通緝令。廖添丁罵罵咧咧地和謝員抱怨：這輩子他的確幹了不少勾當，但骨子裡可不嗜血；哪像那些日本人，個個急著將他生吞活剝。

渴了的話就去喝石壁滲出的山泉水，三餐多虧謝員的小叔——楊林幫忙才有著落；昨晚為了詢問武器下落而冒險下山時，也是楊林捎來消息給他。得知警方由於毫無斬獲撤離了這座山，廖添丁著實鬆了口氣。是他贏了！這下總算方便行事。畢竟他已盤算好隔天就要潛逃到臺中去，等待下回偷渡的時機來臨。

他和楊林聊了整晚，相談甚歡。楊林甚至拿圓鍬挖幾顆南京豆給他烤來果腹，鋪在樹下讓他得以好眠的棕梠蓆也是楊林特地從家裡帶來的——但是，不尋常。廖添丁不過小憩片刻，楊林卻不見了，只聽見蟲鳴鳥叫之類的瑣碎聲響。倒是那把圓鍬還好端端地壓在火堆餘燼上，沒起任何變化。緊張感再度支撐起鬆懈的廖添丁。他依舊坐著，消極地等待動靜或是某種徵兆。終於，有人打破了這座觀音山的闃寂——那是顯得穩健不紊的腳步聲。來者正在上坡，目標明確，步步逼近。

是楊林，他回來了。看見廖添丁毫無防備地躺在棕梠蓆上呼呼大睡，神色明顯鬆弛許多。楊林嚥下一口唾液，彎腰拾起那把圓鍬。待會走了以後，這裡的東西就通通派不上用場了。就連廖添丁也是。

「你去哪了？」

寒意頃刻間掐住楊林的心臟。他霎時屏息，心頭猛地一縮。廖添丁醒了——不像被他拿起圓鍬時製造的聲響給吵醒的——瞅著他，目光咄咄逼人，猶如項圈一般徹底拴束他的行動。楊林僵在原地，闔不上嘴，恰似一條缺氧的魚。他大可跟廖添丁說自己回去一趟是要看飯煮好沒，或是打探警方搜捕行動的最近風聲。明明有千百個理由可供他說服廖添丁，他卻一個都不打算選擇。

「來了。」

楊林拼命擠出話音，昨晚熬夜讓他現在格外想吐。

「你說什麼？」

「我叫他們來了。」

「誰？」

「派出所的大人全動員來抓你了。」

從楊林背後望去一清二楚：山腳距離他們約七、八間處，身穿白色制服的隊伍正浩浩蕩蕩地行進。巡查們右腰上插著村田式步槍，較為老舊的史奈德步槍則由巡查補配備。縱然走在崎嶇的山路，隊伍的步伐照常井然有序。廖添丁瞥了一眼便明白想逃下山去多半沒有指望。

「是你叫他們來的？」

「我……」

「你居然跟他們抖出我！」

不等楊林出口辯駁，廖添丁邊說邊從口袋掏出一把鉛彈，填裝進二十二年式村田步槍。他倏爾舉槍，對準人中扣下板機——無聲無息，什麼都沒從槍口射出。他詛咒起自己的厄運：什麼時候不好，偏偏挑在這節骨眼上卡彈！

廖添丁徒勞扣著板機，眼睜睜看楊林將圓鍬高舉過肩，發出猶如雞被擰斷脖子的怪叫，朝自己筆直衝來。

不能死在這裡。廖添丁登時醒悟，依本能笨拙地動起手指。他飛快計算在楊林揮下鈍器、他的腦袋瓜被搗得稀巴爛前，還剩多少時間容他退彈，然後重新扣下板機。

沒有時間了。

兩人的動作不約而同，慢了下來。

圓鍬滑出楊林的拳頭。他的雙眼好似忘記關上的水龍頭，殷紅色的鮮血不絕湧出，黏糊糊地自手掌的指縫間垂淌而下——槍枝走火了。楊林還來不及撲殺廖添丁，就被搶先一步竄出槍口的火舌吞噬了視力與蠻力。

楊林捂著臉在地上痛苦打滾。廖添丁沒有虛擲得來不易的機會，不顧面前慘況，拔腿逃向山頂。山道蜿蜒難行，越發顛簸。他喘得誇張，彷彿稍不注意，在喉頭澎湃鼓動的心臟就會被他吐出來似的。

底下傳來的行隊跫音戛然而止。他們發現楊林了！一想到巡查再過不久就會追來，廖添丁氣息更加紛亂，不知不覺加快了腳步。觀音山區迴盪在血腥味招來的騷動之中。他毫無退路，連稍事休息也不為情勢允許，只管拼了命地逃跑下去。

「喂？醒著嗎？」

沒有回話。足足盼了一整夜的時機終於來臨。

再次確認後，我才取路下山。為了趕在那人醒來之前通知巡查，剛開始幾乎是用跑的。但稍後速度便大幅減緩，最後幾乎是用走的。

非這麼做不可嗎？

沒辦法的。尤其在跟他熬夜敘舊之後，我怎麼有辦法出賣自己的老朋友？

都是那個年輕人害的。我恨恨想，滿肚子的憤怒代替懦弱驅使著我向前邁進。誰曉得這小夥子竟是臥底？不僅從楊興口中套出話來，還識破我按時送飯給那人吃。

「先生，看你老是帶著一副空碗筷回來，是去做什麼呀？」

這種人，賤賣尊嚴。有什麼事他們幹不出來？他們又有什麼資格陷那人於不義？我越想越是憤恨。那年輕人一離開，我便一口咬定這人鐵定有詐。

「胡說八道！」楊興說：「他從小就認識廖添丁了，熟得很呢。」

胡說八道，真的嗎？

不久我們便知道誰對誰錯，也全招了。

但，相信我，我是被逼的啊！

由於前天晚上的搜山行動一無所獲，日本人要我放出警方撤山的假消息給那人。我對不住他！我知道。但那人哪曉得為了包庇他，我們連日來吃盡多少苦頭？又哪曉得兄嫂每天都替他多作一份菜，自己卻一口也沒動？

我自認最清楚他的為人。也正因為這樣，我才無法接受。眼前的他，真的是當年甘願讓我為他做任何事的那個人嗎？憑這幾年來的作風，他跟遭他唾棄的那類人又有哪裡不同？差在哪啊？

昨晚談話時，我問了他。

「既然大人們離開了。現在該怎麼做？你有主意嗎？」

我可沒放過從他臉上一閃而過的困惑，或者說動搖。那樣曖昧的表情究竟代表什麼意思？他愣了一會兒，才說自己的目的地是臺中。

「我可不會呆呆在這等著那群狗子來抓，死也不會！」

真的？

我覺得自己似乎也跟著這句話而動搖了。到底，我們又有什麼資格批評那些見錢眼開的人？也許我們都一樣，沒別條路可以走了。生命沒給我們多少選擇。

死也不會？

那好吧。

我逐漸跟自己妥協了。會的，我會出賣已不值得的尊嚴，出賣自己的老朋友，也不得不這麼做。我會繼續走，通知他們，但絕不會讓他們傷他半根寒毛。乍看之下行不通，但我一定會生個辦法出來。這麼做不單為了我，更是為了他。

動手吧。

反正他再怎麼樣也逃不過的。

一直到我手持圓鍬撲向他時，我都還這麼告訴自己：

不得不這麼做。

不得不……

廖添丁睜開眼睛的時候，以為天還沒亮，一切全是場夢。但後腦勺的灼熱劇痛再再提醒他不是夢，是老天爺饒了他一命；否則他哪有可能相信自己從這種高度墜下，非但沒死，還能夠行動自如？

想不透。他究竟是怎麼摔入這片林海的？踩空嗎？不可能；被小石子絆倒？似乎也不是這樣。反正繼續深究也只會頭痛，他索性放棄思考。

不曉得昏迷了多久，夜晚趁著這段時間用漆黑塗抹整座森林。附近的樹過於高大，枝葉也過於茂密，廖添丁即使仰頭也看不見夜空，月光與星光全被拒絕於外。

後腦勺還是很痛，畢竟是從那麼高的地方掉下山腳。廖添丁一手摸著頭，另一手在地上摸來摸去，什麼都沒摸到，最後一把村田槍也給他丟了；原先鼓得飽飽的後口袋如今乾癟癟的，鉛彈想必在他墜落的時候全灑了出來。被丟進如此糟糕透頂的局勢，真不知命運是擲出了色子六點還是一點給他。

也許活著是受刑，摔死才是慈悲。

接下來該怎麼做？警方肯定一大早就在這座山佈下包圍網，發現他憑空消失更不可能善罷干休。即便天黑了，廖添丁也確信成群的巡查和壯丁團正在山裡搜索他的下落。他能躺到現在不被發現純粹是僥倖、奇蹟。他們早晚會迫近這塊地方。屆時，萬事休矣。他們會逮走他，去刑場賞他彈子吃；由他慢慢斷氣——死去。

這就是他的結局？

廖添丁漫無目的地走著，越走越覺得奇怪。他在山裡藏匿好幾天，從沒行經這一條路。也可能是夜色剝奪視力所導致的錯覺。走了一刻鐘左右，前方乍然暈開若隱若現的光芒。廖添丁唐突吃了一驚，以為是巡查們手提燈朝他走來，正想爬到樹上，才意識到不對。那光泛著詭譎古怪的苦艾酒色，恣意飄盪。他仔細瞧，總算辨出綠色光點的真面目——成群的螢火蟲。

在這個季節見到屁股綠油油亮著的螢火蟲對他來說還是第一次。點點螢光紡織成一匹輕飄飄的絲綢，舞蹈在魆黑的林間，好不綺麗。廖添丁揣想這會否是某種圈套，但剎那間，他毫不猶豫地將疑惑拋諸腦後。廖添丁愣愣走入螢火蟲的圈子，整個人彷彿被攫走了心神。螢火蟲環繞著他，而他陶醉其中，無法自拔。

不消多時，螢火蟲如同變了心，飄散開來。牠們接二連三沒入伸手不見五指的黑暗之中，卻在徹底消失之際留住一小盞微弱的螢光，像是在等待廖添丁，要他趕緊跟上前來。或許牠們決定帶他走出這座森之迷宮。廖添丁見這群螢火蟲恍惚在向他招手，抵不住誘惑，不覺邁開了步伐。

除了螢火蟲，一路上的景色與方才別無二致。廖添丁還以為自始至終都在原地打轉。但他沒起疑竇，依然折服於螢火蟲的詭綠魅力中。

他開始想不起來自己為何會處在這種地方。

他隱約記得自己沒有後路可退，死亡也在向他招手，卻想不起自己究竟是在哪裡走錯，為何會走到這來。問號如浪潮一般拍打他的腦袋，越打越是空白。當他回過神來的時候，螢火蟲業已溶於山色當中，視線豁然敞開。森林霎時闢出一塊廣袤的空地，寥寥幾隻螢火蟲逗留在那表面下似乎暗濤洶湧的池塘邊緣，與花花草草玩得不亦樂乎。

有個少女背對著他，坐在覆滿青苔的石頭上面，一動不動像是與石頭融為一體。她身上一襲白棉大褂衫，兩根粗大且油亮的辮子垂掛在腦後。廖添丁沒見過這個女孩子。不，莫如說，感覺見過卻沒辦法想起她是誰。他感覺少女並不陌生，只是一個女孩子家，半夜跑來這種地方是在做些什麼？少女的存在相較螢火蟲，顯得尤其突兀。

「你來看。」

她開口了。對誰？

在場除了他還有誰呢。

廖添丁靠近少女，坐在她身旁，雙腳舒服地泡在池塘裡，感受著池水涼意宛若牽牛花的莖蔓，緣腳攀升而上。他照著少女的話，垂頭望穿無暇如鏡，卻又無比死寂的池面，依稀看見了什麼。不只如此，還聽見了什麼。

少女在池底哭泣——並不是青石上的少女正在哭泣的倒影，而是若干年前蹲在暮色下啜泣的少女。一樣紮兩根辮子，一樣的打扮，但白棉大褂衫上留著不少鞋印，像是被人狠狠踐踏過一番。

三名日本男孩將哭泣的少女團團圍住，帶頭的日本女孩甩著裝有少女體育用具的袋子，作勢要丟進水溝裡面。她操著一口日本話，罵少女是「清國奴」。少女有聽沒有懂顯然讓他們大為光火。就在這時候，日本女孩厲聲尖叫。少女不哭了，她錯愕地看著不認識的少年強行拽著她的手，逃離那幫人的欺凌。

廖添丁不可能看錯。少年無疑是年輕時的自己。

「喏！妳的吧，還給妳。」

年輕的他伸出另一隻手，把標記少女名字的提袋還給了她。少女還在考慮要不要說聲謝謝，便被身後的咆哮擾亂心緒而別過頭看。欺負她的男同學們相當執拗地黏在後頭，窮追不捨；其中一人跑得特別慢，臉上貌似少了什麼東西，不太自然。

「我們在下一個轉角分開。他們追的是我。」

廖添丁把手插進口袋，亮出剛才從日本男孩——跑得特別慢的那個——臉上順走的戰利品：一副圓框眼鏡。在下個路口，他果然放開少女，和她分道揚鑣。廖添丁倒著走路但沒有慢下腳步，一邊解開繫在腰上的藏青色長布帶，一邊向女孩熱情道別。

「回去吧！下次別再給四腳狗欺負啦！」

少女輕輕撫著直到剛才都被廖添丁緊緊抓住的手臂。紅了，有些疼。如同廖添丁所說，男孩們追的果真是他。廖添丁躲到一棵雀榕底下，日本男孩把他包圍得四面楚歌。不待廖添丁作任何反應，最魁梧的男孩把關節按得霹靂啪啦響，立刻揮拳，打算給廖添丁一點顏色瞧瞧。

廖添丁雖然矮他們一截，卻是自信不過。他甩直那條長布帶，擋下拳頭，同時壓低身子，朝對方的胯下毫不留情地踹了一腳。雀榕上的鳥兒因哀嚎聲嚇了一大跳，振翅飛走。另外兩個男孩齊向他發動攻勢，但攻擊全被他手上那條藏青長布迎刃化解。男孩們甩著發熱疼痛的手掌，布的質料遠比他們想像堅硬，好比一塊鐵板。事實上，那條長布可吸盡所有力道，反饋回去，空有拳頭是破解不了的。看他們不知如何是好，廖添丁喜孜孜的，甚至打了個挑釁的手勢。

喂！廖添丁！

慘了。

廖添丁臉色刷地發白，見不著半點得意。他慌慌張張把長布條一端拋向雀榕樹枝，使勁一躍。皮膚黝黑的中年男子趕過來時早已不見廖添丁的蹤影。男人咒罵幾句，悻悻然地跺了幾下腳。忽然有個東西從天而降，砸在其中一個日本男孩的頭上，正是廖添丁剛才神不知鬼不覺偷走的圓框眼鏡。

少女沒有回家。她躲在遠方，目睹了全部。

這些情景化為碎藻，與泡沫消逝在遙不可及的過去。池塘回歸為嘿然的死水。

「後來。」

坐在青石上的少女說話了：「我找到你。你跟我說那叫『青腳巾』，是那個曬得好黑的唐山師傅傳給你的獨門功夫。你說因為這件事，被他罵得慘兮兮的。」

確實是有這段邂逅沒錯。廖添丁心想。儘管這件事、這個女孩，早已連同青腳巾與唐山師傅被他埋葬於同這個池塘深不見底的遙遠過去。

「妳到底是誰……？」

「我沒有和你講，那之後我被欺負得更慘。誰都沒給我們家好臉色看。日本人繼續笑我們是清國奴，臺灣人則罵我們是三腳狗。」

少女的雙辮自動鬆開，披在肩上。一圈瘀青浮出皮膚表面，烙印於她的頸項。她終於朝廖添丁側過臉來。相貌彷彿定格在曩昔，沒有涓滴改變。

「我叫陳良美……是被你殺死的陳良久的女兒。」

廖添丁站起來，退後數步。良美的視線落回了池塘。池面開始蠢蠢欲動，在轉瞬之間塑成了不可計數的人像。

立在最前方的人像長得跟良美一模一樣。

「你幫助過這麼多的人。」

她撿起一顆石頭，扔向擁有自己面容的水雕像。砸碎頭部的同時，其餘的水像應聲潰散。良美的水像接著換了副容貌，用淡漠無輝的瞳孔將廖添丁囚禁在恐懼裡頭。

那張臉，毫無疑問是陳良久——良美的父親。

「爸爸死了。我和媽媽無依無靠，不管是鄰居還是親戚，誰都不願意幫助我們。」

池塘生出和良美有幾分神似的水像，就立在陳良久的身旁。

「媽媽生病了，我什麼都幫不上忙，只能看她嚥下最後一口氣。」

「我……」

「你明明幫助過這麼多人，為什麼最後會變成這樣？」

為什麼？

對啊，為什麼會變成這樣？

徘徊在山裡時逐漸遺忘的人生，此刻歷歷在目。那時候，他對良美伸出的援手成為他日後生涯的起點。然而是從什麼時候開始，他走偏了？

幫助別人，給那些日本人一點好看。最一開始廖添丁的確是這樣想的。他瞞著唐山師傅，用青腳巾犯下一樁又一樁竊盜案，受害的全是日本家庭。偷的大多是衣服、食物等，值錢的東西就拿去變賣，得到的錢通通用以救濟貧困的臺灣人們。

十九歲那年，劉添丁（他當時的化名）第一次被逮到。為期兩個月的重禁錮結束後，他去唐山師傅家只見人去樓空，一張信紙擺在桌上，灰塵積了不少。是唐山師傅留給他的。廖添丁不識字，只好拜託良美讀給他聽。

唐山師傅帶走所有行囊，包括傳給廖添丁的青腳巾，不知去了哪兒。寫得滿滿一張紙，內容盡是對廖添丁的失望，對於自己的去向則隻字未提。

最後怎麼處理那張紙？記不得了。也許揉成一團隨手扔了，也許就地點火燒掉。

兩年後，廖添丁違反監視，逕自前往大稻埕。他再也沒見過良美。沒了青腳巾，犯案變得尤其艱困，廖添丁偷的東西也產生了變化：手槍、鋸子、剪刀……不得不偷各式各樣的武器以防萬一。

自此，他偷竊不再是為別人，而是為了自己的生存。

廖添丁癱在地上，緊閉雙眼。他知道良美來到他的面前，準備審判他的靈魂。可是不管過了多久，都沒有任何事情發生。

廖添丁睜開眼，抬頭看向良美。兩聲噗通，良美身後的水像接連碎了。

「你幫助我的時候，我很高興。」

她對他伸出手。

「妳……妳不恨我？」

良美搖搖頭。

「誰都不願意幫助我們，我很痛苦，最後放棄了。」

「是我害的。是我……」

到了這一刻，廖添丁才對手掌的溫熱觸感起疑。不是手汗，比那再更溼潤、更黏稠一點。他攤開手掌，倒抽一大口氣。不安竄出身上所有毛細孔，萬頭蠕動——是血，是血在他手上織成一張罪惡的蜘蛛網，正是這張網吞噬了陳良久。

他差點就喘不過來，嘴裡喃喃有詞：不是我。是我。不是我。就是我。

「冷靜下來吧。」

良美將雙手疊在廖添丁的掌上。

「沒錯。是你害的。但我終於想起，曾經有人幫助過我，告訴我世上還有溫暖。」

他想說些什麼，卻一句話也說不出來。

「那人卻放棄了——放棄了什麼？」她盯著他繼續說道：「他現在又該怎麼做？」

廖添丁將兩眼睜得渾圓。

這句話——他所缺失的最後一塊拼圖，總算拼上了。

「我說過多少遍，不准拿我教你的功夫和人打架。」

「才不是打架！」廖添丁跪在地上，用頭頂著三個搖搖欲墜的水桶：「我是在幫人！不對的是那些……」

「住口。」唐山師傅不帶感情地打斷他的藉口：「蹲到太陽下山再回去。青腳巾就暫時放我這裡保管。」

進屋前，唐山師傅頭也不回地說：「不管怎樣，這不是你該做的事。」那我該做什麼才好？

他差點就回嘴了，幸好最後還是把話給壓了回去。

也因此，至今他仍未從唐山師傅口中聽到這個問題的答案。

廖添丁覺得自己好像被唐山師傅給背叛了。不是什麼新鮮事，父親和母親都背叛過他：父親說過等身體好了就會陪他玩，幾天後卻病死了，那年他才八歲；母親說今後就剩他們母子倆相依為命，結果沒多久她就改嫁了，還把他丟給姑母帶。

儘管如此，他還是習慣不了背叛的滋味。

廖添丁不懂，為何唐山師傅不能認同他的行為？他們處了這麼久，就只在這點上意見不合。他不希望唐山師傅因為這件事而對他失望。他把唐山師傅當成唯一的親人，甚至是父親看待。倘若不是如此，他哪會每天瞞著姑母離家來找唐山師傅練功？是要固執地逞英雄，和日本人作對？還是聽從唐山師傅的話？不存在兩全其美的方法。站在岔路上，他只能從中選擇。

他的選擇打從開始就沒變過。

廖添丁終於想透自己為何會來到這座池塘了。當年他不是也來過嗎？這座位於良美家後院的池塘。良美就跟現在一樣，坐在那塊青石上，將唐山師傅的信一字一句地讀給他聽。

良美接過信時有些意外：「他識字耶。」
唐山師傅說他小時候念過點書。
「說不定是騙人的。他那時喝醉了。」
騙人的。說不定。

「媽的！媽的！媽的！」
水花飛濺。每擲出一顆石子，廖添丁便竭盡全力吐出一聲髒話。
「石頭快被你丟完了。」
「他居然這樣對我！不說一聲就走了？連青腳巾都帶走？他、他怎麼能……」
良美覺得他想說的字眼可能是「背叛」。
「說不定他有他的苦衷。」
「苦衷！」
「別這樣……」良美將臉避開：「冷靜下來吧。」
廖添丁一屁股坐到地上，兩腳踢進池子裡，彷彿這麼做就能澆熄心頭的怒火。
「那你現在該怎麼做？」
廖添丁看向良美，一臉鎮定，嚇了良美一跳。她說錯了什麼話嗎？
不過他的視線隨即落回池面。等他再度開口的時候，語氣平靜得判若兩人。

「我會證明給他看。」

「唐山師傅……？」

「對。」他站起來對空氣咆哮：「我會證明給你看的！我會讓你知道，我是對的！」

他說：哪怕沒了青腳巾，他也會繼續走下去。這才是他該做的事。即便走到最後只剩他一個，他也絕不輕言放棄。絕不。

「我絕對會證明給你看的！」

淚水打在了良美的手背上。

「想起來了嗎……？」

廖添丁微微點頭，他哭了。父親死的時候，母親改嫁的時候，甚至唐山師傅離開他的時候，他都吝於獻出一滴眼淚。此時此刻，他卻掛著兩行眼淚，無聲地低泣著。

他從良美掌下抽出自己的手，發現手上鮮紅色的網黏住了一隻螢火蟲。

這隻螢火蟲直到最後一刻，都在垂死掙扎。

他卻連掙扎都放棄了。

也許唐山師傅才是對的，他知道這條路走到盡頭會有什麼後果。廖添丁不肯回頭，於是陳良久死了，接著是楊林。最後僅僅是回到原點，回到良美的面前。

「你不是說過，一輩子都要幫助別人的嗎？」

沒錯，他當著她的面發過誓的。

不對。早在他發誓之前，當他從幫過的人口中聽到一聲感謝之時，他不就決定永不放棄這份信念的嗎？

任初衷沉入池底的人，不是別人——正是他自己。

廖添丁從沒想過，他和良美的邂逅之於他如此重要。

雖然已經太遲，但在最後的最後，她拉了他一把。

廖添丁牽起良美的手，站了起來。一陣風掃過他們腳邊，吹熄了螢火蟲的幽綠光芒。大地重新歸於黑暗，夜色從四面八方席捲而上，迅速吞沒整片森林的景致。世界逐漸縮小，他們的立足之地也難逃漆黑的毒手。

「我們現在該怎麼做？」

「我知道。」

廖添丁拉著良美奔向池塘。他們飛身墜入池水當中，不停下沉。白光從池底油然而生，軟綿綿地接住他們，將他們包覆其中，宛若孕育雛鳥的蛋殼一般。緊接著，白光逐漸冒出裂痕，墨綠色的池水從中溢出。水壓愈來愈大，最終迸裂四射。

遠方山嶂遮去夕陽的半邊，晚霞餘暉絢麗綻放在黃昏的天空。廖添丁回來了。他和良美爬出猴洞，下山時經過那棵芭蕉樹。圓鍬沒了，但沾滿血跡的棕梠蓆仍鋪在那邊。折返山腳的途中，綠色的炊煙自腳下裊裊升起。螢火蟲也回來了，在他們身後紡織出一道夢幻的銀河。

他們站在樹叢裡望進楊興的農舍。巡查們正用擔架搬運出一具斷氣已久的屍骸。所有人都在，大多面色凝重，謝員哭得特別厲害。

所有人都在，包括楊林——也包括躺在擔架上的廖添丁。

「這才是你的結局。」

廖添丁不敢置信地看向良美。

一波劇痛猛烈襲來。廖添丁按住後腦勺，哼哼呻吟，腦袋龜裂開來。池水不斷從身上淌落。廖添丁看到一隻閃爍綠光的螢火蟲從滴在腳邊的水漬凸了出來，翩翩起舞。他看得仔細一點，發現比較淡的水漬不會生出螢火蟲，無一例外。他再看得仔細一點，發現暗色的水漬隨頭痛加劇，大量增加。

他發覺那些不是水漬，是血沫。

廖添丁什麼都想起來了。

棕梠蓆上的血跡根本不是楊林的——那個時候槍枝並沒有走火，圓鍬毫不留情地打在他的額頭上。又一次，頭蓋骨破了，最後一下命中後腦勺。廖添丁倒在棕梠蓆上，完全失去意識。巡查們抵達時，只見楊林手持染血的圓鍬，汗流浹背。廖添丁那時已經斷氣了。

劇痛戛然而止。目送廖添丁的屍體被抬走後，一干人陸陸續續進到屋內。楊林拍著謝員的背，安撫到最後情緒跟著激動起來，直說是不得已的，他不得不這麼做。眼看他們哭成一團，廖添丁的內心卻平靜如水。他知道自己恨不了楊林的，一點都不恨。誰都是不得已的。他想。每個人都被逼上了絕路，生命無路可逃。

廖添丁想通什麼，把手搭在良美肩上。一瞬間，良美的形體瓦解成千百隻的螢火蟲四處飛散。黏在他手上的螢火蟲的亡骸也化為一粒光點，混雜其中。廖添丁看著飛到半空中隨暮色一同消逝的螢火蟲們，忽然懂了——她只是幻影。只是螢火蟲趁他不注意的時候，堆砌出來的幻影。

也許良美根本沒死，早早就嫁給某人，在某處過著平淡無奇的生活；也許良美的父親根本不是陳良久；也許她根本不是叫作良美。叫什麼名字事實上也不重要，無所謂。他知道比這更重要的事情——知道「陳良美」為何會出現在他的面前。

他不過是想要獲得救贖而已。

太陽已經下山了。廖添丁回頭一看，螢火蟲的銀河生生不息地棲在山上，在夜裡璀璨動人地閃耀出生命最後的光芒。

廖添丁走回山上，身影沒入其中，再也沒有出來過了。

楊林進屋前不經意往山區一看。

他什麼也沒看到。

據說，巡查們在把廖添丁的屍體運下山時，沿途滴落的血液每逢將雨之夜，必會散發出綠色螢光。

楊林因為殺害廖添丁獲得賞金兩千，隨後遭到法院判處殺人罪，入獄服刑多年。關於楊林殺害廖添丁的動機，眾說紛紜；然而當事人什麼都不願透露，把真相帶進了棺材之中。

這天是西元一九〇九年，十一月十九日。

評析／瀟湘神

本作有兩個優點。第一，廖添丁在傳統上背負著抗日的民族意識想像，作者卻將民族大義給縮小，事實上是更溫柔地處理族群問題，同時將廖添丁從民族想像中解放出來，還給他「個人」的樣貌。第二，在歷屆作品中，時常有過分追隨歷史敘事，以至於奇幻僅是陪襯，甚至極小化的問題。且不論奇幻的含量，拘泥於大歷史敘事，本就容易讓角色失去自身的光彩，因為角色將淪為歷史事實的傀儡，而非推動命運的關鍵，因此本作將故事縮限在廖添丁之死，並以此為起點重新召喚廖添丁的一生，這是很聰明的作法，在足夠詳盡的考察外，也保持了一定的自由度。但也不是沒有缺點，首先就是奇幻元素淪為情境描寫的副產品，廖添丁死前所見，也可能只是夢境、幻覺。奇幻元素在本作裡缺乏主動性，讓人覺得還缺了些什麼。此外，雖然作者以較為溫柔的態度處理廖添丁與族群問題，但故事主題還是缺乏真正的新意，透過廖添丁的死，作者提出一個懸而未解的難題，但站在讀者的角度，更希望看到一個答案或解決。畢竟在漫長的人類史上，這並不是一個新的問題，因此對讀者自然期待能看到嶄新的解答。

諦聽少年

文／高天倪（師大附中）

作者簡介

高天倪，生長於台北，現年十八，整日天馬行空地想像，在創作上依然有好長一段路要走。畢業於師大附中，現就讀於師範大學公領系。

高中時得獎是意外之喜，讓自己對作品有更多的認同，被肯定也讓人歡喜，更有創作的動力跟底氣。

清晨，天還未全亮，窗外是灰黑一片，透過老式木窗玻璃望出去，像極了仙草凍。幾隻鳥仔啁啾幾下後從窗邊飛過，高炳善應和了門外父母的聲音，慢吞吞抹了臉下床，踩著拖鞋走到客廳，大門剛關上，喀噠一聲，隱約還能聽到門外他們的對話聲，沒一會兒便漸漸遠去。

他知道他們去批菜了，在大清早一直以來都是這樣，國中畢業後他也漸漸習慣了早起的生活，在市場裡的吆喝聲中，漸漸的抹去課本上的公式，但他依然沒辦法把房間那箱一直堆積著的國中課本拿去回收掉——那也可以賣幾塊錢的，可就是捨不得，不甘心，還掛念著，即使已經知道自己在這條路上就是沒可能的。出門前，高炳善蹲下來盯著紙箱許久，最後還是拍了拍它，拎著鑰匙錢包就出門了。

天漸漸亮起，當他從家裡慢吞吞往外走到小山腳下，石階上已經許多居民在來來往往了，有些許認識的他打了個招呼，便也加入了早起健行的行列。石階踩起來還有些濕滑，但注意腳下就不會滑倒，他盯著石階梯看，一步一步，一階一階，邁向山頂仙公廟。

在山頂對著仙公廟，拜了兩三拜，回身走到廟埕，望著前方。站在山上，雖然被許多新建大樓擋住視線，但依然可以清晰看到右方的蟾蜍山，左邊可以遠眺新店碧潭，前方是景美溪和新店溪的交會處——溪口。心情也隨著視線的遼闊，開朗起來。他又一如往常轉到廟後大石頭逛逛，從小每次觸摸左邊的大石頭，耳中恍惚聽到老人的低沉喘息聲，他一直覺得這石頭裡有人。聽父親說，左邊這顆大石，有著傳說中呂洞賓（仙公）降妖時留下的腳印，大約二吋長、半吋深，後來因為參觀的人多了，足跡逐漸模糊了，廟方就用鐵網圍起來，不讓人參觀了。不過高炳善是不大相信，二吋多的腳印，那身高不就才五六十公分，神仙真長這樣？他晃悠著下山，去買早點——這個時候爸媽也該回來了，他又踩著石階下山，轉進市場，經過市場的土地公廟前，一個低沉的聲音在耳邊響起，在這嘈雜的市場似乎過於清晰了些。

『善仔——』

幻聽，幻聽，全是白日夢。他揉揉太陽穴，心想明明已經睡得夠多了咋還老是有幻聽，一邊走過了路邊的小廟。

「善仔——」

幻……不對，這個不是。

「興嬸婆？」高炳善回過頭，「早安。」

「善仔早安！」興嬸婆慢吞吞講，她已有些年紀，說起話來不大清楚，他聽她含糊問道，「土地公在講話，哩有聽到謀？」

「啊？」高炳善愣愣轉過頭去看那廟，土地公的神像摸著鬍子笑盈盈看他，耳邊似乎又傳來一聲『善仔——』，一時之間不知道要作何是好，最後只回問了興嬸婆，「妳有聽到喔？」

「有啊，土地公在叫你。」

這情況讓高炳善相當困惑，從小他只要經過土地公廟，就會聽到土地公在叫他，他跟他爸爸說聽到土地公叫他，結果被他爸爸罵「睏悃睏，勿倘酣眠」，說要帶他去看精神科。

「興嬸婆！你有聽到伊在講話？」高炳善盯著老婦，遲疑地問著。

「甚麼伊，沒禮貌，是土地公啦，」她搖搖頭，「你大概是頂世人有做功德，這世人心地又善良，才聽得到土地公講話。」興嬸婆碎念著高炳善，便踱著小碎步要離開了。

『善仔——』土地公低沉的聲音又再響起，高炳善也不知道祂是怎麼知道自己名字的，或許是興嬸婆告訴祂的吧，但聽著這虛無的聲音老覺得不可思議，那聲音沒等他回答，又接了一句，『幫我個忙好嗎？』

「啊、啊？」他看了看神像，又看了看正要離去的興嬸婆鼓勵的笑容，最後硬著頭皮問了，「土、土地公？我要……幫你什麼？」

『幫我把虎爺擺正吧，前幾日給貓鼠撞歪了，唉……』

「虎爺……？」他蹲下身掀起神桌罩巾去看，一只看起來就是中國神話裡才有的小像擺在那裡，除了頭是老虎以外，其他部位都奇奇怪怪的，看起來有點像是「諦聽」的神獸。高炳善照著它似乎該放的位置擺正了，就聽土地公拋下一句『多謝你啊！』

便悄聲無息了。這讓高炳善又開始懷疑剛剛是不是自己的幻覺，最後還是當作夢一場又要抬腳離開。

——『你知道你為什麼聽得見我的聲音嗎？』

高炳善的步伐再次停下，回頭一動也不動地盯著土地公。

『你身體裡流著諦聽的血啊。』

他知道諦聽的，就是神桌下的那尊神獸，據說能用聽的知道善惡真假，挺厲害一個神獸。

——我……流著諦聽的血？什麼意思？是我又幻聽做白日夢了？

他茫然著，招呼也沒打，一聲不吭轉身進市場，去幫她爸媽賣菜。土地公也沒再喚他，只是那尊土地公像靜靜杵在那裏，一如既往，空中卻隱約有道視線似有若無地停在高炳善背後，當腳步聲遠去，小廟前又恢復了平靜。高炳善告誡自己，以後千萬不要再從土地公廟前經過。

『善仔——』

——老天爺，為什麼我的記憶力總這麼不好呢……又走到了這裡。

高炳善在心中默默唾棄了一下自己的記憶力，這才僵硬的轉過身來，看著那神像，在腦內糾結了不下幾十次「這是不是幻聽」這個問題，直到『善仔——』的叫喚聲再次響起，他才疑惑地問了，「……土地公？你在叫我？」

『嘿啦——』幾日前才聽過的聲音再次在耳邊響起，帶著一股空靈幽幻的氣息，土地公啞著聲音再次問道，『善仔，幫我個忙好嗎？』

「又、要幫什麼？」

『山頂有塊石頭，哩知某，就是那塊「仙公石」啦，裡面住個人，伊叫錫瑠阿公，哩去問伊，彰化八堡圳有土地公出缺，問伊有沒有要去？』

「……啊？好。」

謝劉……？這是什麼奇怪的名字，兩個姓氏麼；土地公出缺？土地公們原來還有這種工作交替的模式啊？那顆石頭真的住了人，所以他從來就沒聽錯，那個石頭喘息聲真的是一個人。紛雜的念頭，一下子湧進他的腦袋。

高炳善雖沒弄懂土地公在說什麼，但他還是聽祂的話，爬上了山頂，準備去做一件讓自己都覺得挺傻的事——對著一塊石頭問它要不要當彰化的土地公。

太奇怪了！這真的太奇怪了，要是被認識的人看到了肯定又要跟老爸說，老爸肯定又要碎唸一番，唉，還是先拍拍它看看吧。

他抬腳跨過圍住石頭的圍籬——這是為了避免有人破壞「神跡」而設下的——左顧右盼，確定周圍沒人後，拍了拍石頭，「謝劉阿公？謝劉阿公你在嗎？」

寂靜無聲。

「……我果然是幻聽了吧……」土地公叫石頭去做土地公？估計也只有白日夢才會有這種內容了，他不帶希望的又喊了兩聲，見周圍的確毫無動靜，嘆了口氣轉頭準備離開。

一道低沉沙啞的聲音突然就出現了。

『囝仔兒，哩係啥人？』

高炳善被這慢吞吞說話的聲音給嚇著了，頓了一下才回頭，想了想估計這也是個神明，不是妖魔鬼怪，說了名字也不會被吃掉……唉，想岔了，「我叫高炳善，郎攏叫我『善仔』。」

這神明該不會一直在睡覺，所以剛剛才沒回應吧？高炳善決定趁著對方還清醒趕緊把土地公的話傳了，「山下的土地公問你，彰化八堡圳那邊有土地公出缺，你要不要去？」

石頭沉默了很久，久到高炳善又要以為剛剛的聲音全是幻聽，自己根本沒得到任何回應時，祂又開口了，『嗯……這麼多年了，你讓我想想吧。』說著似乎就自己陷入了沉思之中，再沒開口。

高炳善在原地等了五分鐘，最後總算確定這塊石頭不會再跟自己說話了，又踏著步子回到土地公那兒，跟土地公說了石頭的回應。

土地公沉吟一聲，「你隔幾天再去問一次，他要是說不要，就說我是『林先生』。」

他不懂「林先生」有什麼魔力可以讓那顆石頭答應，他現在只想把這個白日夢趕快結束掉！因為這件事情實在是……太詭異了，被看見會被當成怪人，自己一個人做這件事又覺得很蠢……唉。

答應了土地公的要求後，他答答答往集應廟走去，現在早市已經結束了，下午二點的太陽熱得人發慌，悶在家裡開冷氣似乎也不好，晃繞了一圈在賣仙草冰的阿婆那裏買了一碗仙草冰，就坐在廟前的廊下，慢吞吞吃，這時間點實在是熱，神將班的幾個叔叔伯伯同樣坐在廊下地上，圍了一圈各自舉著茶杯說話，一個阿伯瞧見了高炳善，喊了聲，「善仔！呷飽沒？」

高炳善趕緊吞下了那口仙草，「呷飽啊！」

「這時間你怎沒去上學？放假啊？」

「是啊！」高炳善心虛地應著，雖然已經決定不要再上學了……現在說出來還是覺得有點遺憾，「我沒要讀了啦。」

「哈？」一圈叔叔伯伯都轉過來，「怎麼不讀了？」

「讀不好……」

「你才幾歲啊！」有人嘆了口氣，「不讀書要像我們一樣嗎？以後就只坐在這裡，沒路用……」

「你該繼續讀！」他走向高炳善，鼓勵地拍了拍他的肩膀，「少年人要有志氣！」

高炳善不知道該怎麼應對這群關心他的人們，他的確是覺得自己已經沒辦法繼續讀下去了——這是天生才能的問題啊——但似乎又有人覺得他必須繼續讀下去，就連父母的態度都有些猶豫不決。

到底要怎樣才好呢？但是我已經……放棄了啊。

他應和著一群叔叔伯伯的話，也沒有說好或不好，只是含糊地應付著，忽然不遠處傳來一聲呼喊——「高炳善！」

是張立名，他的國中同學——來得真是太巧了，正好把他從這個難以應付的情境中解救出來，他感激地看著他，站起身來和那群神將班的揮手道別，小跑步到對方身邊。

張立名一臉疑惑地看著那群人，但是很快他的注意力就又集中到了眼前的朋友身上，「你怎麼這種時候在這種地方？」

「天氣太熱了，找地方吃仙草。」高炳善把吃空了的塑膠碗拿起來晃了晃，「你才是，又跑去圖書館念書？」

「嘿啊。」張立名從書包裡挑挑揀揀，終於從一疊書裡撈出了一本小說，「你上次說想看的。」接著遞到高炳善手中，是一本國外的翻譯小說，他幾度在書店的展示窗中看到，也曾在課堂上聽老師說過，是一本影響了後來許多文學作品的小說。

即使只是一本書也有如此大的影響力……人也是，總有那麼幾個人影響了整個世界，他們存在的意義重大，並且不可或缺，但自己呢？無數次想，都覺得自己做不到，看著書也覺得一個字都看不懂。

高炳善接過那本書，上次跟張立名提到這本書是學期末的時候，大考的成績還沒出來，所以覺得一切都還可以，即使普普通通也不會差到哪裡去，最後才發現自己似乎還是去賣菜比較好，就再也沒想過讀書一類的事情了，「謝謝啊、你竟然還記得。」

「當然。」他聳肩，「那本書真的挺好看的，你認真點看啊。」

「好啦好啦。」高炳善漫不經心地承諾，「話說你有聽過石頭會說話嗎？」

「沒有啊，你在說什麼鬼？」張立名皺眉，「你最近在看漫畫嗎？看太入迷了吧？讓我猜猜你看什麼……棋靈王？」

「沒有啦。」高炳善洩氣，「算了，說了你也不理解。」

張立名非常不理解，想不到要如何接話，最後扯開話題：「話說回來，剛剛那群大叔圍著你幹嘛？」他皺眉，「別跟他們混一塊，這樣……不好。」他似乎找不到形容詞，支支吾吾了好久才擠出這麼一個詞。

高炳善對他這個好朋友的想法感到疑惑，神將班的人們其實跟普通的居民一樣，就如隔壁攤賣菜的爺爺，或是跟自己的爸爸一樣，都很普通，普通的善良普通的純樸。大概世人都帶著墨鏡看別人，總看到陰暗，看不到明亮。

「他們叫我……回去念書。」

「回去？」

高炳善抓著書，猶豫了好久，才慢吞吞地說：「我想我還是不念了……」

「為什麼不念啊！」張立名不解，他捉住高炳善的手問，「你的成績不至於上不了高中吧！」

「但是這麼……這麼念下去也……」高炳善眼神閃爍，最後也不知道怎麼形容自己的決定和想法，「總之！總之就是這樣啦！」

「啊？」

高炳善沒等張立名再有任何反應就一溜煙跑回了家，張立名給的那本書被他好好地放在書桌上，下午的陽光照著，書的封面橫著一行字——牧羊少年奇幻之旅。高炳善想，也許書裡面有他想知道的答案吧！於是隨手翻閱……

「早安。」高炳善向著早晨爬山的長輩打著招呼。

「早安啊，善仔。」

高炳善踩著石階一步步往上，他可沒忘記之前答應了土地公要幫他再問一次錫瑠阿公的事——他查了好久才找到這個名字，畢竟叫「謝劉」實在是太奇怪了，在同音字裡尋尋覓覓這才找到「錫瑠」兩字。

錫瑠，郭錫瑠。

那顆石頭裡面的人會是他嗎？清朝時期從碧潭挖水圳通到台北，為後世景仰的瑠公圳的建造者——郭錫瑠？自從確定自己聽到土地公聲音不是幻聽之後，他對不可思議的東西接受度越來越大了，這和牧羊少年奇幻之旅那本書所說的了解「天地之心」，就能跟天地萬物溝通一樣。或許能和歷史課本上的人物說過話，代表自己其實也很厲害對吧？好吧，能跟神明講話就很神奇了。

一邊在腦中思考碎念，他很快到達了山頂，山上的廟好些婆婆媽媽在拜，但是走到了石頭邊卻是沒幾個人，有也只是路過，明明是「仙跡」，卻似乎誰也不在乎。

「錫瑠阿公、錫瑠阿公！」他在石頭旁邊喊裏頭的人，「你在麼？」

『……囝仔兄，有啥麼代誌嗎？』

「哩係郭錫瑠阿公嗎？」他直白地問了，問完才想起來自己太著急了，明明是來問石頭做不做彰化土地公的，結果一直在腦內轉著「石頭到底是不是郭錫瑠」這個問題，一不小心就問出口了。

石頭沉默了好久好久，久到高炳善都要覺得裏頭的人睡著了，或者自己的問題太奇怪了讓對方不能回答，「不、不是的話就當我亂說話……」

『是，我是。』

對方的回答讓高炳善一下子有種「啊，果然是這樣啊」的感覺，但是也暗自竊喜著自己猜中了這個事實，他張口要繼續追問，才又發現自己差點繞開了主題，連忙開口問，「我、我是來問，上次土地公問你彰化出缺的事情……你要去嗎？」

又是一陣漫長的沉默，最後郭錫瑠嘆氣，「這件差事……挺好的，但我去不了啊。」

「為什麼去不了？」

「……你知道水圳蓋好之前，一切都還未穩固，颱風若來……」

郭錫瑠的聲音低低的，似乎在石頭裡迴響了好一番，聽起來有種空靈寂寞的感覺，在高炳善的耳邊慢悠悠說著，敘述那一段屬於他的故事。

那年颱風來了，風大雨大，郭錫瑠看著自己竭盡心血建造的水圳在豪雨造成的水流下被破壞毀去，不安地走上了小山——也就是現在的仙跡岩——從上往下眺望。

入目的是幾乎蓋住視線的暴雨，被狂風吹著歪斜左右，眼前霧茫茫的一大片，但是仍能看見在底下狂暴的水流，瘋狂地四處竄流，踩踏了他的心血，破壞殆盡先前的努力，最後像某種情感——悲傷、難過、恨與其他更多交雜在一起而成的，難以言喻的椎心刺痛，在雨的沖刷下漸漸滲入了他心裡，他就那麼站在那裡，一動也不動，最後發現，自己已經在石頭裡了。

並不是他變成了石頭，而是他這個人、這個身體，被抬下山時已抑鬱過世了，但這個靈、這個魂，卻被封印在了石頭裡。

他見證了時代的變遷，見證了瑠公圳的重建與沒落，直到現在，他還是站在山上，默默地望著山下的一切，和已經看不見的瑠公圳。

『我沒有辦法離開這裡……這就是原因。』郭錫瑠結束了他的故事，高炳善聽得一楞一楞的，但是也沒能給出回應，他想到的解決辦法只有連石頭帶人一起搬到彰化去——這當然不可能。

「我知道了！」高炳善喊了一聲，「我幫你去問土地公！」土地公應該有辦法的！畢竟他那麼希望郭錫瑠去彰化那裡，雖然不知道是什麼原因，但是感覺就是一件好事。

『他是林先生……』在高炳善離開之前，他聽到了郭錫瑠那句感嘆，霎時頓住腳步回過身去，只聽他又說道，『我曾經從彰化林先生廟裡分靈來此祭拜，助我建圳……好久以前的事情了。』

「他是誰？」

『那個讓八堡圳成功建起來的人……是了，就是他，肯定就是。』郭錫瑠似乎在自言自語，高炳善沒聽過林先生——估計又是上課沒聽懂的地方忘掉了吧，他想著回去要查，一邊不打擾郭錫瑠的自言自語走向山下。

天挺亮的了，現在回去也差不多時間了，估計得等到中午過後才能過來，他踏著腳步走到土地公前，左看右看沒見著人才問土地公：「土地公，他說他被困在石頭裡了，有辦法讓他出來嗎？」

『困在石頭裡……』

土地公慢慢地說，『如果他自己沒辦法離開，那就只能請你幫忙了。』

「我？」高炳善並不覺得自己能夠幫上什麼忙，只是土地公既然說了那肯定有辦法，「我怎麼幫？」

『如果你靜下心來……就能聽到神明的聲音，他就不會被拘限於那種型態。』土地公慢悠悠說了一句高炳善聽不懂的話，然後就沉寂了，再沒迸出一個字兒。

高炳善沒聽懂，但這次倒沒洩氣，摸著下巴一邊思考一邊前往早市，離市場越近鬧哄哄的人聲越盛，他沒被這些嘈雜干擾到，閃避著來往的人找到了自家的攤位，不小心無視了母親的「你去哪了？這麼晚到」的問句，心不在焉地開始幫忙。

倒是也沒出什麼差錯，就是他母親有些擔心，不知道自家兒子是受了什麼衝擊連人都不理了，只在沒人時拍了拍高炳善的肩膀，「在想什麼？」

「啊？呃，沒有，在想之前看的小說。」

「喔——立名借你那本？媽媽看過那個書名呢，似乎很有名啊。」

「嗯、嗯。」暫時找不到藉口的高炳善沒有否認，只是又陷入了沉思，一位剛來的客人很快拉走了他母親的注意力，再沒能分神去干擾他的思考。

實際上高炳善在想今天土地公說的話。

神明的聲音？最近常常聽，但是土地公指的是什麼呢？上帝？上帝的聲音倒是真的沒聽過。難道是那本書所說的天地之心，書裡面說瞭解天地之心，就能與天地溝通，也能變換形體，難道土地公講的是這個……

他閉上眼，在嘈雜的市場中自我屏蔽了外界的雜音，仔細聽著是否有上帝的聲音……好像真的因為太吵了聽不到，也有可能是因為現在不能專心？總覺得要多問問土地公才行。

型態？是指石頭嗎？所以錫瑠阿公可以變成別的？花草樹木之類的嗎……還是貓狗兔子之類的？感覺很神奇，但是要怎麼樣變呢……是指想像自己是別的東西嗎？

「善仔！」就在他沉迷於思考，完全屏蔽外界時，他母親喊了一聲，「找錢。」

「喔、喔！」高炳善從思考中回神，迅速而熟練地從零錢盒子裡摸出了把零錢遞給客人，回頭又繼續思考，是只要想「變成貓」就會變成貓嗎？還是要念什麼咒語？還是說要把自己當成一隻貓？

「善仔！別再恍神了！」

「啊、噢，好！」

高炳善幫著家裡把紙箱籃子一類的收拾好了，搬回家裡，一邊分心一邊快速地解決了午飯，就在母親疑惑的眼神中出門了——這幾天老這麼往山上跑，挺奇怪的。

高炳善並不知道自己在母親的心中越來越奇怪，甚至母親心裡已經有要找他好好談談聊聊煩惱的決定，他父親則主張帶他去看精神科。他一個人走在正午的路上，太陽曬得他冒汗，但他也沒停下步伐躲去陰涼處，只是一直抬手用袖子擦去汗珠，沒放慢速度前行著，他實在是太好奇了，一直想了這麼一個上午，也不知道到底是要念咒語還是比手勢才會變成其他東西……他的思考越來越歪，只能打住，也許去找錫瑠阿公一起參詳，才是正途。

正午時間沒什麼人在山上，陽光實在太刺眼，太過炙熱，整座小山似乎只剩下高炳善一人的踏踏腳步聲，他飛奔到了大石頭前，興奮地喊：「錫瑠阿公！錫瑠阿公！」

『……怎麼了？』

「我知道你可以怎麼離開這顆石頭了！土地公說，只要仔細聽見神明的聲音，就可以變成不同的型態……你聽得懂嗎？」

郭錫瑠沉默了很久，『變成其他型態……嗎？』

「嗯！感覺就像是，和世界融為一體、然後隨心所欲？」高炳善自己也不是很理解，但是綜合他今天的思考和書裡內容的結果就是這樣，「你試試看！」

這次石頭沉默了很久很久，大概是高炳善所知道的最久了，郭錫瑠才又悶出一句：『不行。』

「不、不行嗎……」高炳善蠻受打擊的，因為這個方法是他想了一整個上午才想到的，也是覺得根據土地公的話來說這樣最合理的——果然自己還是不夠聰明嗎？

『或許你可以。』郭錫瑠低沉的嗓音拯救了他，隨後又是一句喃喃，『這麼多年來，我的修行還是不夠嗎……』

高炳善沒聽清郭錫瑠說了些什麼，只是聽了郭錫瑠的話感到信心大增，他猛然想起張立名提到的棋靈王，說不定自己就是棋靈王中的進藤光，而郭錫瑠就是佐為，佐為最後放下心中執念，才脫離進藤光。於是他決定照著自己的方法試試看，助郭錫瑠脫離這顆石頭！

他讓自己靜下心來，閉上眼，去聽、去感受，感受聲音、光、溫度、整個世界，和周邊一切生靈，無論樹木、貓狗、鳥鼠，他靜靜地想著，靜靜地聽著，用五官去感受，用靈魂去接收來自這整個世界的一切資訊，忽然，他覺得他能在腦內構畫出一切的輪廓，甚至自己的輪廓，他發現他的雙眼不只能感受到光線，更能看見整個世界——包括自己。

就像是和整個世界融為一體一般。

他試著去改變自己的樣子——把自己的輪廓重新再畫一次，或者可以說是溶解再造，他想像，去勾畫一隻老鷹的形狀，想像牠的翅膀、利爪、尖嘴……慢慢地，一隻老鷹在他的思維中形成，他的靈魂朝著那個圖像衝撞而去，最後他再次張開雙眼——

看到了較低一點的視野。

他試著舉起手，竟然看見了自己右側變成了翅膀；試著揮動它們，一陣風往身下的土地吹去，揚起了沙塵，他不可置信地左看右看，整個身軀左右亂轉，最後才興奮地大喊：「我成功啦！我變成鳥啦！」

『是的。』這次郭錫瑠的聲音不再虛無縹緲，高炳善轉頭看，卻啥也沒看到，明明聲音是從自己背後而來的……他左顧右盼的意思郭錫瑠看懂了，「我在你身上——我附身在你身上了。」

「是、是喔！」高炳善轉動了頭顱，也沒看見一顆石頭或是一個人的影子，這才放棄地往前看，揮動兩下翅膀往前跨了好大一步，站在懸崖邊往下看，「這裡是哪裡啊？」

下方的景象有些熟悉卻讓人感覺到陌生，古早的建築一幢幢在底下東一群西一群地散著，大片的農田在遠處晃著綠油油的光，一片又一片，感覺像是來到了鄉下——但是景美明明在台北啊，這麼大片的田地，這裡該是哪裡啊？

「難道說我們……穿越時空了？」高炳善不可置信地問，又再次仔細看了看，「的確，感覺山都是同一個樣子，只是平地上的建築有了很大的差別……」

『你往前飛看看。』

「啊？好。」高炳善再度揮起了翅膀，不熟練地起飛，歪歪斜斜繞了好幾個曲線才穩當地飛行起來，他從未從高空往下俯瞰這些景色過，這感覺非常新奇，他覺得，只有真正成為一隻鳥他才理解了這樣睥睨眾生的感受，風在耳邊呼嘯，太陽離自己很近，而人類的一切離自己很遠很遠，遠到他都快忘記自己是一個人，而且還背負著另外一個人，直到郭錫瑠再次出聲，他才從這種異樣的快感脫離出來。

『正手邊是蟾蜍山……』郭錫瑠的聲音似乎在顫抖，高炳善很自然地順著郭錫瑠的指示飛向右手邊，蟾蜍山果然像一隻蟾蜍，屁股對著溪流，頭對著山麓，山谷間矗立一落大厝。

『往醜手邊飛……你會看到那些渠道……』他的聲音一如既往低沉，但是其中的感情卻大不一樣，將以往那些陰森寂冷給拋去，他似乎正期待著什麼，興奮地等待著，他的靈魂焦急地催促高炳善，往前行，再往前行，將會看見……

高炳善賣力揮動著雙翼，一切景象在眼前快速掠過，空中似乎沒有飛機，也沒了其他鳥雀，只他一人在這藍天之中翱翔，遠方的聚落越來越近——不像剛剛所見最多的稻田，前方似乎是尚未開發的地方，樹還很高，地也還沒被整成稻田，只有半建成的水渠在附近搭著，水渠盡頭是一面如鏡的潭，這應該是碧潭。地上跑著的是穿著傳統服飾的人——估計是原住民？這是郭錫瑠的時代……也就是說，這是清朝時期？那住在這裡的就是泰雅族了吧？突然一隻箭，穿空射來——『緊飛高！』郭錫瑠催促著。

高炳善旋身轉向飛離碧潭，在郭錫瑠指示下，往市中心飛去，一路順著郭錫瑠開闢的水道，巡禮式的飛翔。

這段旅程越來越遠、越來越長，似乎要將天地萬物都見過一遍之後，郭錫瑠再次出聲了：『回去吧。』聲音蒼老疲憊，放下了心事似地，卻又帶了點遺憾。

飛鷹在空中轉了方向，向著來時的路線沿路回去，筆直地，遠方能看見的是仙跡岩上那塊大石頭，它永遠豎立在那裡，被當地居民所銘記著。

當鷹爪再次踏上大石，高炳善差點摔了一跤——他的腳立刻變了回來，踩在大石子上可滑了，平衡幾下才好好站好，「錫瑠阿公對不起！我踩到你啦！」

『無代事。』郭錫瑠應，慢吞吞地，他說：『哩去跟伊說，我過幾天會去彰化，我知道該怎麼走了。』他頓了一下，『囝仔兄，替我跟伊說聲謝謝。』

「好！」他快步下山，這件事到此為止也算有個美好的完結了吧，高炳善從未想過自己能幫神仙做事，也沒想過自己能夠幫助別人成功的完成一件事情，更何況這是件好事。

——果然也有「不是我的話就做不到」的事情呢。

『善仔來啦。』

「錫瑠阿公說伊會去彰化！」高炳善很開心，畢竟這麼幾天相處下來，每次見郭錫瑠一個人待在石頭裡，光看著就覺得寂寞，他是真心地為他感到高興，「他知道怎麼走了，還有，他要謝謝你。」

土地公哈哈笑了幾聲，『還得謝謝你啊。』

祂的聲音有些虛無縹緲，一直以來是高炳善被父親當成神經病的根源，如今卻像是某種發酵劑似地，讓他心中被掩埋了許久的自信慢騰騰膨脹了起來，救贖一般，也讓他下定決心再次打開屋裡那箱被封住的課本。

「能幫到你們我很開心……我是說真的！」

發自真心的聲音，他同樣聽見了發自土地公真心的感激。

隔日，高炳善等著父母批菜，又踏上了山，只見往來的人們多了許多，手中還拿著香和水果似乎要拜神明，他不懂發生什麼事情，只聽見人們說昨日有人看見了「神鷹」降落在大石上，說是神明顯靈了，要來降福天下。

高炳善想起幾天前，郭錫瑠一個人在大石裡，旁邊既沒人祭拜，甚至於連一個關心的人都沒有，孤單的景象，心裡明瞭了些什麼，嘆了口氣，「可……那是我啊。」

他估計見不著郭錫瑠，想他應該出發去彰化了吧！也許哪天去彰化看他！他默默朝著山下走去，留下一路聞訊而來的民眾們嘈雜的聲音。

下山後高炳善走向土地公廟，雙手合十拜了一拜，見四下無人，偷偷問土地公：「大家都稱你林先生，說不知你名字，土地公你到底叫什麼名字？」

『我的名字，不就寫在廟門口嗎？』

高炳善倒退了一步，廟門匾上題著進興宮，原來林先生叫林進興。

評析／瀟湘神

先講缺點：本作的文字並不洗鍊，故事結構也不漂亮。故事將《牧羊少年奇幻之旅》作為解決主角面對疑難的關鍵，卻沒有真正說明書中主旨，對沒看過該書的讀者，簡直頭重腳輕，而且向外部尋求解答，也不是漂亮的結構——既然以《牧羊少年奇幻之旅》作為解決的重要環節，至少要向讀者交代足夠的資訊。但撇除以上缺失，本作是我認為歷屆作品中，將「奇幻」精神掌握得最好的作品。或許是要求歷史元素，綜觀歷屆作品，奇幻往往淪為陪襯，甚至是多餘的設定。但本作裡，奇幻元素確實有「解決問題的力量」，為敘事上之必須；而且奇幻敘事的其中一項功能，就是對世界的再詮釋，使人重新認識潛藏在表象底下的動態。本作中，作者讓「聽」成為發動奇幻現象的觸媒，本來，「聽」就具有精神性質，有主體與對象，並能引起精神上的效應，而不僅僅是物理上的聲波。作者肯定「聽」能產生精神上的變化，並引起奇幻敘事中最常見的「變形」，這是對「聽」的再詮釋，也是成功的設計。在這麼多篇作品中，本作的奇幻動能最強，特別值得讚許。

魘

文／鄭楷錞（屏東高中）

作者簡介

我有時會希望自己純粹是為自己而寫，拋開社會、歷史與種族的囹圄，我想也許那樣的想像會更純粹，不會觸碰到令人不安的事情。

這是尚未完成的故事，結局落進了虛無主義的廢墟，雖然我和角色都努力過了，並莊嚴忍受了命運的變化，但仍然無法朝生命的本質做進一步的思考。我試圖顛覆大自然就是美的信念，試圖在破碎化的過程中產生出痛楚之美。試圖擊碎一般五感所感受到的自然之美，讓讀者感受到醜陋、詭異、恐懼，熟透到腐爛的「美」。無論是現代的文明或自然，我認為，這更符合人類與自然面對面相處的過程。

但在夢魘過後，人類要如何活下去？難道我們要畢生抱著對世界的恐懼活下去，並且等待死亡的來臨嗎？那難道不是一種墮落嗎？或說人類的文明中就是在生命的墮落中展現出來的光輝?現代化或許又創造了一個眾人大躍進的神話，我想。

但目前我們都只能抱著破碎的理解，等待歷史自證這一切。

這篇小說是向那些在人類史中被犧牲，卻仍勇敢活著的人致上最高敬意。我期待讀者能透過書中人物的絕望，認識到生命在一系列死亡中展現的光芒，並珍惜自己所擁有的，寬容自己所缺失的。

最後，僅將這篇作品獻給我的母親和L。在這陪伴我的十八年中，作為家族中最支持我的人，母親實在犧牲太多，卻又獲得太少。

還有L。我該說的已經說盡。我已習慣孤獨，目前還在適應獨處，以及那些太多想說卻來不及也不能說的情緒。

祝福妳，未來能遇見讓妳真心微笑的人。

人類最古老而強烈的情緒，是恐懼；而最古老強烈的恐懼，是對未知的恐懼。

——霍華德・菲利普・洛夫克拉夫特。

楔子

雨，好大的雨。

太陽落進西方的幽海，燃燒的天空冷了下來，最終熄滅。山下小路旁點亮的火光，在濃濃的如霧的夜裡，孤單而沉寂。

迷迷濛濛的路上，有不知名的聲音在靠近，像巨人往山裡奔去。向無邊的山野與河流，伴隨雨聲，兜頭而下。

遠處暗藍的林道中，有火光浮現，一開始是一個，後來是兩個、三個、四個……隨著火光越來越多，一個搖搖晃晃，端坐神祇的轎子慢慢浮出雨水，打破了山村的寧靜。

在極單調的雨夜中，一群男人肅穆的前進。他們臉塗油彩，黃、綠、紅、白、黑、藍等顏色的人頭搖搖晃晃，五官已然不清；他們頭上戴冠，手持的武器舞動著奇怪而有力的步伐，腳踏地面的聲響，就是巨人的腳步聲。

這是一支祈福的長隊，亂雷一般的鑼鼓越吵鬧，天越是降下大雨。今年初春下了太多雨，灌滿了山裡每條河道的口鼻。從外地來的水德星君陣頭，蜿蜒在漫水的小徑中如海中細針，錦繡大旗的光芒是一閃而逝的波光，之後又被大雨淹沒，沐在黑夜裡，一副渺茫的神色。

被澆灌的土地，人腿稍用力就會陷進泥中。長隊沿河岸緩緩前進，已經有人陷在泥地中脫不開身。任這些男人平常能拽幾條牛，也奈何不了稀爛的淤泥。頓時間，哀號和抱怨聲此起彼落。紅、綠、黃、藍、白等各種顏色擁擠。火焰被大雨澆熄，以及倒在泥地中的神轎，神轎中依然微笑的神祇是給眾人晾在旁邊了。越吵，雨越是下大了，人們看不清彼此，水中腐爛的氣味飄來，林中有黑影游動。村中老人曾說：曾死了的那些冤魂，都住在水中，等著把人帶到陰曹去。

眾人疲憊的往回走，一張張長臉擰得更緊了，因為抹滿了泥土而狼狽不堪。奇怪了，明明只是中途推擠了下，怎麼臉上就滿是泥土呢？他們被澇成了這樣子，身上都是水和泥土，也只能說是雨神的惡戲吧，憂苦的臉龐一窩窩的凹黑下去了。

眾人赤腳行走，近乎是祈求雨神憐憫。採高蹺的神將也下了竹竿，拖著巨大的支架艱難行走。華蓋、高燈背在肩上緩緩前進，被汙得叫人沮喪；威風的宋江棍和月斧以及鑼、鼓都滿是泥巴，這群漢子拖著它們往前走，累得匍匐在泥地中，四肢掙扎；眼裡迸出一團團火星，一聳肩如世紀過去。轎子裡，被煙火薰得如黑鐵柱的水德星君，依舊是淡然笑著。眾人所到之處，雨下得更大了，森林上的騰騰霧氣，正寂靜注視著人們。

林中呼嘯的身形一閃而過，往那神祕莫測的命運，往那隱沒在迷霧中彎彎曲曲的不可知的黑暗中前去了。

第一章

立春時分，貓羅溪畔特有的陰天，陰鬱的雲壟罩著東方的大山。清晨，東一塊西一塊飄著如城寨的雲朵，寥落的星甚至是唯一的光。從遠山的河流下的，是融進霧裡的太陽的眼淚。

不停的雨戳刺龜埔村的田和水圳，越發兇猛。空氣凝固，大地喘不過氣來，林中的野獸和蟲蛇竄了出來，在村中的角落中潛伏，盯著那黃土築起的，一座座即將倒下的家屋。

村中沒有一點生氣，人們躲在床頭蟄伏起來，趴在大樑的陰影下，半閉著眼睛了無光彩。

沒有一點風，家屋的窗簾不起，蠟燭無精打采的燒著。在龜埔村十三戶人家的窗口旁，火光零星，宛如鬼火。莊稼在田野中枯萎。穿著襤褸的羅漢腳頂著大雨，趴在田中撈青蛙，從水溝中找田螺。可是不管怎麼吃，怎麼找，這些羅漢腳依舊覺得飢餓。之後，他們只能灌水，挺著大如蛙咽的肚皮無望掙扎，在田野的大霧中，走著，走著……

十天半月後，這些羅漢腳可能會在水溝中被發現，巡村的官兵通常會看到一具具腫爛的屍體。走在夜晚的田間小路，他們常被漂來的變形屍體嚇一跳。青髮覆面，口齒潰爛的這些屍體七孔被塞滿穢物，從他們的肚子裡，蠕動出白色的蟲，順著水流遊走，尋找下一個宿主。

許多人說，這些人害病了；也有人說，他們去了不該去的地方，被牽走了。這裡有三十年沒見過如此大的雨，連人屍順著水漂到村中也少見。一天賽過一天的大雨，一場災難正逼近龜埔村。

怎麼辦呢？

地主們絲毫不會感受到山民的痛苦，他們看著遠山的雲，只會詠詩「白雲千載空悠悠」之類。但他們累的時候有涼椅和涼茶，並不發愁。對他們而言，山上的佃農只是耕種器具，租約上白紙黑字的寫：「不管天旱水澇，如數交租。」這些鐵板租背後有的是王法，和那遠不見天邊的皇帝。那監獄、獄卒、刑具都是王法的體現，村長和縣太爺正在為地主和貴族開路，等著收更多稅呢！

窮佃戶看著鼓脹的大地，望著面無表情的天空，原先的嘆息和祈禱，轉換成了詛咒和一句「屌你媽」。不信邪的年輕人請了一次又一次的水德星君，最後把罪怪到了祂頭上。「我們出錢為您建廟，修金身，逢年過節該有的禮節沒少過，在這大澇時候，竟然不肯給我們幫幫忙！」

這些冒失的傢伙將水德星君抬出廟門，遊鄉示眾，叫祂再嘗一次被滅頂的苦楚，看祂會不會醒覺。但水德星君汙黑的臉依舊微笑，眉頭不皺，只是水吸多了，鍍金的冠服看來更亮了。

掌管水德星君廟的廟公為了維護廟宇的尊嚴，出來干涉了。他先請村長嚴厲處罰了青年的胡鬧，接著再為水德星君塑了金身。但水德星君老人家在堂上依舊歇著，大雨仍繼續下著。

一把年紀的老人們也出來說話了。根據過去的經驗，天災和人總是有牽勾的；偉大的神祈不可能犯錯，一定是有人破壞了地方規矩。老人帶著村長、官兵到各戶人家家裡「喝茶」。請來的官兵在各戶人家翻箱倒櫃，試圖找出一點罪證；幾個老人在一旁守著，好說歹說，把那些可憐的老百姓唬得一楞一楞，直到官兵劫完了，眾人便往下一家去。那些老人家可不知倒吃了多少百姓的血汗。即便是凶猛的猛虎，關進這野蠻的世俗中，也只能忍氣吞聲罷了。

這陰雨啊，只要過了這陰雨就會好轉吧？村民如是想，想一想又陰陰鬱鬱的睡去了，睡覺是唯一不會感到飢餓的辦法。

老人的辦法靈不靈？「暴雨不停，是老百姓沒有守禮法。」老人們和村長說。還不忘暗中稱讚自己，並在喝茶的村長耳旁搬弄是非。

「村長，聽我們的一個勸。村尾的漳州人要看看下。」

村尾的漳州人姓吳，名德，三十歲的沉默大漢，守著三畝山田耕作。大家不知道他從哪裡來，好像有天就這樣走進了村裡，定居了下來。他年紀輕，一身軀都是大別人幾尺，圓眼睛像個杏子不安分地掛在臉上，嘴更是大得出奇。許多人都懷疑他是野人的種，他咧開嘴巴笑時，可以嚇倒哭著的孩子，銅鐘般的聲音從村頭到村尾都能聽到。

就是這樣一個奇人，住在被平地人稱為「哈嘎」的山村裡，以蠻力維生。農忙時借不到牛的人家，都忙著請吳德拉犁，其他人在後面扶犁，一個人就把整片田的重活全攬下了。這麼能幹活的人，連平時勞苦慣的山民們也不禁叫好。

但吳德絕不是個粗人，人不可貌相。他種起莊稼來，苦吃苦幹和細心的個性也讓其他人沒什麼好說的。雖然不是本村人，卻是個勤奮的漢子，可有什麼好讓人講話的呢？

原來是為了女人。

有一個在吳德心中佔了位置的女孩，是村中開山大戶林家的女兒林芳。

吳德和林芳偷偷相好。村里除了年輕人外，甚少人知道這事。但在一次酒後鬧事中，吳德打傷了村中一個叫黃三的長工，他記恨在心。不巧的是，這黃三也喜歡林芳。其實，在村裡所有年輕男人眼中誰不喜歡個子苗條，低眉不語的林芳呢？總是那麼冷若冰霜的樣子，人一見就心動了。林芳只有在吳德面前會笑，吳德也只對她顯露細心的一面。村裡的年輕人是感佩這段真感情的，因為山村習俗：「哈嘎」不和河洛人結婚。他們甚至為林芳不怕族規的勇氣感動，時常替林芳和吳德兩人掩護。當林芳的阿爸以為林芳上街買菜時，其實是吳德溜進柴房和林芳幽會呢！上上下下，可說是專門防著林家人和全村的。

可這一回惹到了黃三這浮浪子。他平時拐著一條腿在村中閒晃，到處在人耳旁搬弄是非，又一再調戲林芳。林芳嫌他一隻腳跛，拿他大罵一頓。黃三心中憋住一腔惱，現在，他認為把柄拿在自己手上，隨時可以宣佈，而且是吳德的把柄，更加得意了。他得不到林芳的喜愛，就趁今年農閒的時候混進了林家，把吳德和林芳的事赤裸裸的講給了林家伯公聽。

「沒有規矩了！這下林家還怎麼做人！」正在和老人們喝茶的林家伯公臉面顫抖，氣得杯子摔在地上。

現在，老人們從羞憤難當的林家伯公口中知道了這事，便告知村長，其意在圖謀吳德那片薄田，順便捉姦捉雙。眾人知道後，一窩蜂衝進吳德家，將吳德拖進雨中，來到審判的祠堂。林家伯公把林芳也抓來，兩人終被生生捉住。

村人只想雷聲大點辦了這事，把吳德痛打一頓後叫他離開。老人們似乎從他的受難中，得到一種離奇的滿足。之後，他們要將林芳遠遠的嫁到別村，討回一筆財禮作臉面錢，依出力程度分贓。

這原是本地舊規矩，他人無從反對。不意仇人見面分外眼紅。之前，黃三被吳德痛毆，之後又被林芳嫌棄，他現在要大大的報仇，因此極力主張把林芳的鼻子挖去，且當吳德面前。林家伯公一口就答應了，連村長也是，官兵磨刀霍霍，一臉無端的興奮駭人。

私刑執行時，林芳咬著牙，一聲不哼，大眼瞪看著黃三，眼角都裂了。處罰完事，林家伯公派人將她扔出去。吳德拼命嘆氣，說著自己命苦，被人抓姦，自無話說。可是林芳，這烈女子卻當著村人表示：她定要跟吳德一塊走。

家都不要了。林家伯公怒視著林芳，想起了林芳的媽，那個和林芳臉龐相似的番女。當初，他是為了開山和引水的利益才娶了她，為了終結鄉人和番人無止盡的戰爭，當時的開荒與隨之而來的殺伐，使樹林成為火葬堆，河水浸血而污染，空氣中充滿屍骸的瘴氣和怨恨。

無論是番人或是龜埔村人，無論是飛鳥、走獸、游魚，都化作屍骨，倒在荒蕪的沙塵中。一片空無，只有灰燼。

他想起望山流淚的番女，時常唱起番人遷離破敗家鄉的悲歌。他卻沒有疑怒，繼續為她建起華美的院牆。他只看到聯姻給予和兩族人的平靜，卻不解番女痛苦的嘆息。於是，當番女產下林芳後，臨死前注視他，他只從她漆黑的眼中看到深不見底的茫然。

如今，當林芳譴責的目光刺入林家伯公的心底，罪惡感使他的頭皮發麻，隨之而來的是惱怒的顫抖。他心想：不如一不作二不休，斷了這孽緣。他決定把吳德處以烙刑，徹底毀去這佔據林芳心靈的人。

林家祖輩有過小小功名，讀過幾本「之乎者也」，加之輩分大，同族人也得對他畏懼三分。以維護龜埔村名譽為藉口，這種興奮人的話語，在沒有任何樂子的山村，竟也在大街小巷被宣傳成一種慶典了。

人群起鬨來，一經同意，好事者即刻把火盆和烙鐵找來。在紛亂下，人性和獸性已混淆不分。孩子遠遠躲著，又怕又難受；年輕人輕輕哭天，卻無從訴苦。官兵用藤葛緊緊扣住吳德粗壯的頸，兩手縛定。林家伯公痛罵林芳喜歡上這狗子，口中不住罵「糟蹋！糟蹋！」裝作不屑再看，躲進祠堂裡。卻在那半掩的門後，以一雙年老昏聵，如獸般紅的眼注視女兒嚎泣的臉。

雷聲轟然，族中一群好事者和官兵把吳德擁到祠堂大廳，上了刑具。官兵把烙鐵在火盆中翻攪。黃三正坐在板凳上，他心中漩起極複雜的情感，似乎正眼也不想看林芳和吳德。他有些後悔了，為去掉良心上那些刺，只反覆喃喃著：「誰叫林芳嫌棄我……我是男人……當然要維持自己的尊嚴。」他並不討厭林芳，討厭的是那肉體被外人享受。同為「哈嘎」的妒忌在心中燃燒，瘋狂益發旺盛，只是催促官兵動刑。

至於其他村人，只在乎吳德的家產將來怎麼分贓。原來那點獸性已過去，臉上甚至掛著愧疚的神色。

昏黃的空氣，一切沉靜。官兵將烙鐵往吳德的背上壓去，烙鐵起來時掀翻皮肉筋骨，血肉的焦味混和了恐怖。官兵走過吳德身邊，冷不防在他臉上又烙下。皮膚潰爛的一瞬間，水泡破裂，膿血四溢。炙熱伴隨的痛楚在吳德腦中炸開，淒厲的慘叫；在眾人的鼻子裡，時時刻刻都嗅得到那身軀散發出的令人狂熱的氣息；吳德的神智打旋沉沒，他的右臉和背近乎皮肉無存。官兵看著吳德慘白的臉，多年之後，他將回想起吳德的嘴唇艱難顫抖，從胸腔深處，發出那深沉的嘆息……

從此以後，龜埔村中就沒有聽過林芳和吳德的故事了。聽說吳德帶她到了遠方，卻留給了每人一份看不見的牽掛。而龜埔村的大雨，仍繼續下著。

已離去者對村人而言已死，然而死亡卻轉入生者的心上。龜埔村大雨的後三十天，位在半山腰的林家遭土石流侵襲，祠堂全毀。眾人放鞭炮驅逐邪氣，且表示業已把族中受損失的規矩扶正。懇請水德星君停止降雨。

事實上，眾人只是袪除在平靜中生長，傳染，使人致死的無形譴責。祠堂被毀的七天後，林家伯公便發狂上吊自殺了，因著某種恐怖，村人都說：在林家伯公死前，似乎有某種紅色的身影一直跟在他身後；再七天後，黃三也被人發現溺死河中。聽他的同伴說，原本晚上還好好睡著的人，去上個廁所就沒有回來了；聽河邊遊蕩的乞丐說，晚上的溪畔，大霧裡，有個東西牽著黃三入水，矮矮黑黑，貌似不是人類。

十八年後，龜埔村依舊過著平淡而窮困的日子。如今，沒有人會說「被牽走」的事了，村中不成文的規矩也不准有人再憶起這事。一切覆滿塵沙，在這山野環繞的世界裡，萬物寂寞，那些孤落的黃土牆望著彼此，慢慢地死去。

第二章

五年的歲月過去，但山外的時間不屬於山裡。山脊還是原來的山脊，一樣的河流與一樣的樹，一樣的陰天罩著；老百姓還是在重犁下過日子，納稅，服勞役。唯一有變化的是一直在台灣島徘徊的大雨終於小了些。山民按時將種子播下，望著天祈禱。已近了颶風的時節，只希望老天網開一面，不要再飆起風雨。

吳德靠著天生神力，在新村庄中找到一份長工的活。他想起自己帶著林芳站在村口時，村民用一種審視的目光盯著他們，死一樣的沉默。如今，那些村民在牆後窺視著他們。是驚奇？是幸災樂禍？那些城村中的人，以為他們這些殘疾人、流浪漢、小偷、強盜、地痞是披著人皮外衣的孤魂野鬼，將他們排除在村莊生活之外。吳德知道，終其一生，他們只能是一群被遺忘的人。

吳德這幾個年就是這麼過著，一會兒下田和大地主的米桿搏鬥，一會兒又在市井之間繞繞。家庭的生活用品都是他親手購買。老人們議論他，小孩子常和他開臉的玩笑，常說：大隻的，你的臉被鬼摸去喔。隨後是一陣心滿意足的哈哈笑聲。

吳德抹抹鼻子，只能轉念一想：他被村民愚弄了，但村民不也被那些地主老爺愚弄嗎？由於偶然的命運，他暫時淪落到這步田地。吳德相信：只要自己好好幹，一切就會好起來。想到這，他也能笑起來，踱步到後院修雞舍。一切生產的用品都準備好了，他還準備買些雞，或許下下個月水患不那麼嚴重時，可以養幾個雞蛋貼補家用。

對於自己或林芳的命運，他從來沒有什麼好後悔的。他有時覺得生活快支撐不下去時，也只能哀嘆是天作了不公平的安排。他只能在最糟糕的環境裡，找出一條最好的路，踽踽前行。

他想起，林芳生下大兒子的前夕，他一有閒就到野外摘些草藥，熬成湯給林芳喝下。他也曾託人打聽穩婆的下落，幾天一晃過去，市集上沒有人想搭理他。那幾個禮拜，他一直心神不寧，時常做惡夢，夢見自己的孩子長了個猴子面孔，瞪著一雙紅色的眼睛，而他驚恐的把這醜孩兒丟進火中燃燒殆盡，轉身遁逃。像他的父親在十八年前的大旱扔掉了他的小妹，他的祖父在一甲子前的大荒殺了自己的手足。

林芳臨產前一天，他一直守在她身旁。她疼得蜷縮在床上，輕輕哼叫。吳德連忙扶她起來，感覺到一陣熱流從下面湧出。是羊水破了。

吳德自己充當穩婆忙進忙出，準備熱水和毛巾，他聽著妻子的嘶吼，多麼心疼。林芳用力了五六下，手心掐出血來。當孩子出來時，吳德的手在顫抖，床單上沾滿血跡。吳德有些愣住的看著在一團黏液中蠕動的孩子，是個男孩。這個孩子很醜，長著一對青蛙眼的碩大頭顱上，拱一個可怕的豬鼻子。吳德無意識的剪去臍帶，隨著一聲驚天啼哭，他這才意識到：這是自己和林芳的孩子。

孩子四肢健全，讓林芳抱在懷裡，完全不怕母親醜陋的臉龐，林芳牽著他的手，他則回以淡淡的苦笑。

生下來第三天，取了個名字：吳財。

後來的十幾年裡，皇帝從雍正走到了乾隆。吳德和林芳又生了一個孩子：吳興。這時，吳德的臉上已犁出褶皺，頭髮也蒼白些許。但他能拽牛的大手仍有力結實，村民對他的評價也越來越好，獲准他參加村里的廟會。他覺得很欣慰。現在，若晚年能抱抱孫，和兒子住在一起，已是他的全部指望。

只是，吳德的命運終究不是自己的。

出事的那一天，黑得怕人的雲，追著落海的夕陽，擦過山頭與樹梢。那麼濃、那麼低、那麼急的雲。萬籟俱寂、無聲無息的草原上，壓根兒不知道還有沒有生靈在此。

吳德從黑深的林中鑽出來，疲倦雙眼望著失去光亮的天。今天是他和吳財出外墾荒的第七天。當地仕紳召集長工們沿著番寮溪向乾溪口開墾，準備建造新的墾居地。

許久以前他們就規劃好開墾路線，而這些天以來，森林的濃煙不斷，是因為墾荒者們連夜溯流而上，偷襲東坑一帶的番人，放火燒毀他們的聚落。

吳德仰頭看了看天空，不知乘載了多少辛勞的頸項，低垂著，要仰很高，才看得到天。

但天是沒什麼可看的了，望穿烏雲仍是雲。他坐在河邊的老柳樹下，總覺得天是要徹底熄滅了。阿爸曾說，只要草原上的花朵擰出露水，儘管外面是大晴天，不出一個時辰，必定大雨傾盆。

可原野上的花早已萎去，在遙遠的童稚時裡。

吳德扯下頭巾，溫柔看了一眼旁邊打盹兒的吳財。

「阿財，你在福仔那一班最近安怎？」

「不是說很好，阿爸，山裡的樹長的很深，光是伐木大家都弄得筋疲力盡了。」吳財說，瞇瞇眼，臉龐有些惱怒。「明明已經跟領班說了，希望不要繼續朝溪谷開墾，隔壁班的阿文說，他們今天又有人摔下溪谷死了。好可怕啊。那臉摔得血肉模糊啊，血肉模糊……而旁邊的領班連說話也沒有，直接叫人把他丟到河裡。」

「那些老爺底下的領班被慣壞了，不能指望他們救你。吳財，」吳德拍拍兒子的肩膀，嘴角下垂，眼底落寞卻又有些強韌的說：「我們只能靠自己，雖然這全是不合理的。」

「可是，怎麼有人對人見死不救？不是大家承諾會互相幫助嗎？我們為什麼要這麼累，到這個完全不是和我們生活的地方工作咧？」

「阿財，我實在不知道。這裡的人們不怕任何威脅，因為他們人多，人多了就要更多的土地吧。我聽說，以前有人偷偷越過土牛溝，從番寮溪上溯開墾，不是被殺了，就是失蹤了。」

「失蹤？阿爸，你知道嗎，我們班也已經有五個人失蹤了，為了修築水圳和道路，我們是專門挖山砍木的，」吳財嚥了嚥口水，手不安搓動。「爸，我想，我們招惹到山中的什麼了。」

吳德望向擔憂的吳財，卻發現兒子眼中淌滿淚水。他摟摟兒子的肩膀，克制住自己安慰的話語，他不再想掩飾墾荒的醜惡，和兒子躺在草地上，像被人惡意推倒的蟲子，竭力保持心中的平衡。

過不久，吳財向淺灘方便去。這裡的草叢密密排列，吳德很快就看不到他了，卻也不在意，揉了揉眼，進入睡眠。

蘆葦和芒草括搡在一起像孩子的腳步聲，聽著就感到困惑。黑暗中的吳德走在無際的草原，他突然的想找兒子說說話，散漫的沿著礫石河岸踱步。他轉過頭盯住河岸的彎道，只有微弱的光從黑夜裂隙中滲出，之後是落雨聲，當吳德朝河對岸看似通明的火光走去時，在很近地方，夜風中，他聽到吳財喚他的聲音。「阿爸」那聲音恐慌劇烈，而且越來越近。

腳踏入水裡的瞬間，吳德有些愣住，他看到黃三和林家伯公漂在水面上，難道他們死了？他衝過去，卻栽進濃密的水草中，寒氣刺痛手心，巨岩中卡著無數的骨骸，模糊的鬼影漂浮在霧氣之上。看著吳德，散發出模糊的血紅。

水草緩慢收束，此時，他又聽到吳財的哭喊聲，他很想回頭，卻被不明的黑影塞住口鼻，窒息的張嘴大叫……

吳德瞬間竟醒，發現已是傍晚時分。吳德揉揉眼睛，還以為自己的腦袋出了什麼問題。

這時，他猛的想起尚未回來的吳財。

冷風飄忽，他的腦子裡想像著各種可能的結局，腳步不自覺地踩進黑深的水渦。這是六月的河上，但冰寒徹骨，如同夢境般真實。吳德竭力不去想腦海中浮現的恐怖，除了蝙蝠從耳邊飛過的啪噠聲之外，他什麼也聽不見。

森林的樹木在向他招手，一抹青色從蕨苔叢生的黑暗中蟬蛻而出，跳進了吳德的眼簾。他想起了福仔的隊伍不斷傳出失蹤的消息，感覺腦袋開了一條竅隙，鑽出恐怖害人的黑影。

「騙人的，騙人的啦……」他顫抖的說。整座山似乎正冷笑著，並且抖了抖那青色的影子，飛向空中時，吳德終於看見了。那是吳財的頭巾啊。

下一刻，他衝進山裡。

第三章

吳德掀開窗板，小心翼翼不吵醒沉睡中的妻兒。蒼白的陽光漫進來，將他從黑暗的夢中拉起。歪著傷痕累累的大頭，他看向窗外，直到眼睛終於受不了那光線，於是闔上窗版。

他披好衣服，身後是如死人睡著的妻兒。他阿爸曾說過：睡夢中，人會進到另一個世界，那是現世的倒影，是一種回顧與瞻望。在那個世界，一切都會停留在記憶中最好的時刻。儘管那是神祇以腐敗肉身捏塑出的另一個世界，吳德還是希望家人從此不要醒來，至少不用面對這骯髒與陰霾的大地。

他走到田埂旁，連日暴雨沖壞墾居地的水圳。水湧進田地，沖壞的圳牆露出草根和樹枝的牆面。知縣夥同地主盜賣築水圳的木料，威逼百姓上繳更多錢糧。前幾任知縣把稅收到了百年之後，這個知縣上任後更巧立名目，甚麼稅都收，那一顆顆被泡腫的青菜浮沉在腐黃色的水面，知縣肯定也要收去養豬了。

天才朦朧亮，瓜綠的天空欲往東越是暗去，天閉上了眼。吳德呆坐在水溝旁，放空是他唯一能忘記哀傷的方式。他是數著日子過的，一百天過去沒看到孩子了。

他跟天祈求，一步步退讓到現在。忠厚的莊稼戶一點非分之想可不敢有，他只希望能見到孩子。只要能壓住那顆悲傷的心，就好了。

然而，求著老天慈悲，一天又等去一天，吳德的心卻絕望更深。他反而只求看到孩子的全屍了。他不停翻山越嶺的找，離開家人，山裡全是他留下的足跡。直到昨天，暴雨衝斷了山路。連一線指望都沒有了，已經無法再找下去了。

天轉過身去，決計不給人一點點回生的指望。吳德認命的退讓出一千個死亡的夢境。他必須承認了：吳財已經死了。

老天閉上眼。吳興來喚他時，他沒有回話。他的盼望不肯這樣死去，他只能把生活寄託在家中僅存的三隻雞仔上，只希望來年春天能過得成。吳興問他要不要喚林芳醒。「就讓她睡吧。」他說。

就這樣睡去吧，最好不要再醒來了。

盼望是一根越攢越細的絲線，臨到夜晚墜落的山路上……

他搶在大雨把整片田徹底泡爛前，在每一株山芋的土包上死命的挖，他從來沒有為莊稼這麼勞神過。這麼大把大把的花著血汗，只為了活著才這麼做。

吳德踱步回家，進了正廳，看到林芳斜倚在藤椅上，不知是醒著還是睡著。光從窗外進來，白紗似的覆在她沒有鼻子的臉上，空洞瞪視著吳德。

他進灶房切了切山芋，乾飯泡水後裝成一碗，遞到林芳面前。「吃飯吧。」他緩緩說。

林芳仰著頭看向屋外，過了好半晌才說：「吳財呢？」

吳德簡直不知道該怎麼回答，只好支吾道：「要回來了。」

林芳抱著頭，先是理解什麼的笑了下，緊接著大哭起來，聲嘶力竭。燭光慢慢被黑暗吸食，在吳德那苦悶的五官裡。他沒有安慰妻子，五官全是苦楚，卻不知何處說起。

他摸了摸臉上的烙痕，想起了出走的理由。搖晃竄動的風襲來，燭光猶疑，更像是獸的眼睛，正盯著他們。現在的他沒有可期盼的未來，也沒有可以追隨的過去，只能祈禱眼前的一切是真實的。

隔天，他在屋外立起吳財的新墳，他沒有流下任何一滴淚，或是露出任何一聲哭號。他敲著棺木，渾渾噩噩，好似也埋葬了自己。吳興跟在他身後，雙手合十，只剩這一時刻的緣分了。

最後，吳德向新塚撒下塵土，直到留不住的隨風而去，老柳樹織出離別的輓聯。

第四章

河裡，黑深的綠水從成堆腐爛的木頭流過。寒氣沿著新蕨的壁蔓延，似乎能看見陰曹的大門。吳德想著。

午後，山壁向陽處，一行伐木工井然有序的前進。

他拿著斧頭，走去山腰，路旁已經有許多人正在伐木，附近站著十來名領班。樹木刨削成梁柱和屋簷，醜陋的磚牆取代曾經豐美的林地。他的心情恍恍惚惚，聽著眾人一致的伐木聲，大樹倒下，蟲蛇四散。他想到灶房空蕩許久的米缸，心情煩躁，劈劈啪啪作響。突然，從草叢中竄出一條大蛇，鱗片散著肅殺的白，混濁的眼睛朝他冷笑下。他嚇了一跳，跌坐在草叢中，等他清醒過來時，那條蛇早已沒有了蹤跡。

冷汗浸透吳德的衣裳，心怦怦亂跳。他爬起來，搖搖晃晃朝下一棵樹走去。臉龐的鬍子亂糟，白衫被風吹得貼在身上；吳德全身的肋骨根根排列醒目，兩隻胳膊只有兩根骨頭，佈滿突出的血管和韌帶。

他恍惚聽到有人呼喚自己的聲音。猛地轉過頭，順著聲音的方向看去。一位年輕人正站在遠方的樹下，距離開墾點約十呎，位處懸崖。吳德懷疑他怎麼過去的。但他沒有細想，來到年輕人身旁，開始工作。

年輕人一點一點將樹幹砍倒。他的胸口爬滿蜈蚣似的疤痕，一張長臉滿是憂愁。

「你在這幹活多久？」吳德問。

年輕人沒有說話。

「欸。」吳德感覺心情很糟，忍不住放大音量。「耳聾是不，不會應一下嗎。」

他瞥了瞥年輕人，卻突然打了個冷顫。

一回神，自己和年輕人的位置瞬間調換。他背對懸崖，陰影中，年輕人露出詭異的微笑，一眨眼消失了。

「愚蠢的人類啊，你們只要知道我的痛苦和憎恨，詛咒已經應驗，你們將要為啃食我的肌膚付出代價。你們逃不過死亡的制裁。一切的一切……」陷入黑暗前，吳德聽到一個粗老的聲音在腦中道。

一抹黑色的影竄進吳德的胸口，他的臉難過扭曲，摔落山谷。

一個時辰後，匆匆趕來的長工把他搬下了山。縣府的大夫認為這只是因瘴氣引發的暑病。甚至有些懷疑的打量吳德的臉，覺得這黃臉男是一個逃避服勞役的騙子。

吳德大病了一場。病好後，在家中安穩過了幾天，心中卻割捨不掉痛苦的感覺。他如今更常上山，透過大量勞動消磨自己的幻覺。

有天，他到雞舍撿蛋，仔細端詳手中的蛋粒，一不小心卻將蛋砸在地上。破碎的蛋殼中，死掉的幼雛躺在血泊裡，緊閉雙眼。當下，吳德想起自己曾拿出吳財穿過的衣服，念起這孩子到娶妻的年紀，命就這麼丟了。若是他可以跟在吳財身邊，真是省掉了這天大的悲劇。就算有個三長兩短，一塊走去，也不用在這邊留戀什麼。

他把雞賣了，換回幾顆山芋。倒在床上，他嘴中嚼著又苦又澀的芋泥，直到化成了液體，才敢嚥進肚去。

雨聲不知什麼時候又消失了，代之以鏗鏗鏘鏘的斧鑿聲。地主將開墾者逼往更深的山裡，久久，直到山腰全築成了新的墾居地。他睡在床上，時時刻刻被遠山中的伐木聲吵醒。

每當夜晚來臨，他陪著林芳睡在小小的冰涼的床上。他一點也不曾留神自己的妻活成了什麼樣子。她轉過頭，露出了乾癟的奶子，肋條清清楚楚，全身只剩下一層薄皮。不知為了什麼，吳德感覺自己看到的不是人，而是鬼。

吳德不忍心的，緊緊的抱住林芳，任她哭泣。林芳嘴中哭求著不知什麼東西，聲聲天的叫著。哭累了，便如嬰兒般睡去。

這一夜。吳德看見了吳財，吳財也在窗口和井邊朝他笑。他握緊拳頭，牙根打顫，貌似兒子的黑影就在幾尺之外，一個矮小殘影，黏呼呼的高聳頭顱瞬間到了他面前，青蛙般的大眼瞪著，一種譴責、悲傷的眼神。吳德倒抽一口冷氣，驚醒。

夜晚的溫度極低，但他卻感覺被火焚燒過。林芳一長聲喘氣，那張黃蒼蒼的臉上，被塗滿了泥巴，肚子上留有一個掌印，清清楚楚。

林芳鬼般叫著。

村口的土地公廟廟公說，肚子上的泥巴印鐵定是孩子用的。

「哪有可能，我家吳興一整夜都待在我身邊！」吳德據理力爭，那廟公斜看了他一眼，冷哼一聲便不再理他。

日子還是照樣過，吳家三口人靠著山芋和乾飯艱辛度過冬天。而知縣撫番的雄心也不知不覺朝東方的大山邁進。獵戶和農民陸續來到村子。風霜囚人的日子裡，他們成群結隊的摸黑上山，將更多的動物和木頭殺伐殆盡，雙手雙腳也數不完。山林裡已聽不到鳥雀鳴唱，一片死寂，除了人影一閃而動，誰也不會相信這塊灰地從前是生機盎然的山林。

今天，輪到吳德守夜。草屋裡，燭火明滅閃動，狹小的草蓆坐著他和一個叫沙仔的村人，還有個老番人。新制定的土牛線將番人們趕往更深的山裡。每天，都有番人在遷徙的路上死去，也有些番人加入開墾山林的行列，住到村落附近。吳德看向窗外，傾倒的山中，有哭泣的聲音從遙遠遙遠的墨色溪谷傳來。

老番人沒有理會那哭聲，打量著眼前的黑暗。直到月光稍稍露出，才點亮油燈，光芒在他眼中燃燒。「山裡很平靜，別擔心。」他對吳德說道。

「那是什麼？」吳德僵硬地拿起酒瓶，將酒倒在老番人的杯子裡，沙仔低著頭，眼角餘光瞥著老番人。

「阿德，你也是個山裡人，剛才不就是風聲嘛。」沙仔嘲諷的指著老番人。「這年頭假鬼假怪的事夠多了，沒意思吧？」

吳德在火光前沉思，老番人專注看著被烏雲遮覆的山頭。一切平靜，但吳德覺得從沙仔說話後，就有股冰冷的恐懼感，神色不安的往篝火靠近了點。

沙仔翹著二郎腿，轉過身，正對著他，嘴角輕蔑上揚。

那瞬間，吳德對沙仔的微笑產生極不愉快的印象。「無形無影的東西，你怎不怕。」吳德問。

「哈，這就沒聽過了。知道聽說隔壁村有人被牽走的事嗎，知縣花錢在山腳下造了座廟。這你知道嘛。我告訴你，我就是廟公的兒子，廟落成那天派陣頭巡山哪。誰知道下到東邊溪谷時，神轎突然塌了轎底。不吉利啊！告訴你！更恐怖的是，當時有一個黑色身影衝過小溪，往樹上竄，朝我們笑咧。還瞪著一雙紅色的眼睛，好可怕啊……」

「然後呢？」

「我看那東西假鬼假怪，就抄起宋江棍往樹上一丟。嘿！那東西給我打下來，你猜是什麼？你一定不信，是隻猴子啊！」

老番人輕護著油燈，抬眼看了下手舞足蹈的沙仔。「山歸山裡，平地歸平地。別亂說話。」

「難道不是嗎？我說的是實話。」

「是你們把平地的東西帶來，所以山發怒了。」

「哼，你以為山是你們番仔的喔！我們就是想來啦，沒錢沒田啦！不像你們還可以打獵咧！」

燈芯在搖，小火心微弱的閃著，老番人躺在篝火旁，明朗的眼一直望著山。吳德感到難過，楞在無力的老番人前，像是受審般低下了頭。他為沙仔，為自己的族人隨口的暴力，心頭難受。

「沙仔，別說了。」吳德的聲音從酒瓶傳來。沙仔眼神有點心虛，卻是罵了聲幹才入睡，蜷縮在牆角的黑暗裡。老番人悄悄將火種收回懷裡。

「我還以為你們在平地活得很好。我祖父離開平原十幾年，從我們小時候，祖父說平原是很美的地方，養得起比星辰多的鹿和人類，每次都這樣講，最後還是沒有回去故鄉。死前，都不講了，也許他看到了什麼。德仔？」

「你說，我聽。」

「你是好平地人，我才告訴你這些。」老番人說著，啜飲酒糟。

吳德仍看著營火，很怕視線接觸到老番人。

老番人放下酒瓶，跟他坐在一塊，蒼老的手搭在他的肩上。

頓時，他腦中浮現潮濕與寂靜的夜晚。血腥滲人毛孔，是山村被洪水和野獸吞食的場景，一片紅色迷霧。他走在自己開闢的山路，在走過之後，長出繁盛的樹林，把路封住，在深谷中無限回音的喘息……

「我很抱歉。」許久，他小心說出這話。小火芯不安跳動，老番人回過頭，蒼老的眼注視吳德的手，然後輕輕推開。

「我不會介意。」他淡漠看了一眼吳德。「我是個番人，不會介意。」

「你難道不憤怒嗎？對這一切。」

「那我們該向誰哭訴？向誰復仇？」

吳德啞口無言，老番人熄了燈火，沒有再說下去。這樣悲慘的事情，他不知道老番人如何平平淡淡的敷衍過去，事不關己般。

掀開窗板，往外看是斷木豎立的紅色荒原，亂石聳立在月光下，因蒼白的光顯得格外突兀。陰影升起，站在斜坡上的，是獸的屍骸。

他們整夜無語。下山途中，吳德回望清晨的山谷，數十座家屋建起，燈火通明。當鳥獸不在，此地將成為富裕之鄉吧。

但黑夜仍虛無著，並折射空洞的光芒。被人類奪取安息地的亡靈在光芒的角落存在，並且呼喚。吳德想起年輕時曾見過的番婦，那是他入山的日子，番婦送他離去。他想起自己注視她的眼睛時，如面對黑暗的曠野，逐一看到了自己的預言：

「你這一路上要小心，到處都有鬼出沒。在風裡，在樹上，在石頭裡，在河床下……你要小心，不要在沒有燭火的夜外出，不然你的靈魂將會迷失……」

在黑夜的山，他腦中不斷浮現出鬼魂撕開隱藏的皮囊，用淒厲的眼神注視著他。

回到村莊，吳德去市集買菜，連日大雨，物資上揚，伐木的工資已買不起米。家裡的山芋吃完了，他回到家，瞞著林芳偷偷把她心愛的鏡子賣掉，那是她離家時唯一帶在身上的東西。一面銅鏡只值一斗米，吳德一開始還和米販爭執不下，直到想起吳興虛腫的肚腹，心中難過，便賣掉了。

回家之後，他不敢吃那一斗米。他欺騙了林芳，他是懦夫。他想著，躲到床上，失聲啜泣。

村中幾個長工和吳德關係熟了，不忍心的跑來對他說：「你在家裡坐著也不是辦法，心裡該有個斤兩在吧？」

他總有氣無力的說：「我再看看。」對方一看他無神的臉孔，搖了搖頭就走開了。但是長工的話真說到他心上了。他磨利柴刀，這兩天風勢減弱，再過一天，山上肯定不會太冷。他決定上山。

清晨時分，天微白，河床上蜷伏濃霧。吳德牽著瘦弱的吳興，只隨身帶了一把柴刀，也沒有明確的方向，就是順著平時野菜生長的山路繞一圈。現在是山苦瓜盛開的日子，到南面開墾較少的地方也許好找一點，於是他們往南方漫無目的地去了。

果然，走了兩個時辰後，地上出現越來越多山苦瓜的黃葉，黃燦燦的一片連成一片，間生著地米菜和灰菜。這是一個好地方，吳德心下一喜，便蹲下來開始拼命的挖著綠色的菜根，這些是山谷中唯一一點生命的希望。

突然間，正在幫忙的吳興突然站起來，往山腰處的小溪移動，吳德以為他要去河邊摘菜。直到聽見兒子的哭聲，才匆忙地朝聲音的來源奔去，一趕到溪畔，他睜大了眼。

只見吳興被吊在刺竹叢上，竹子頭都壓彎了。吳德用柴刀砍斷刺竹，把渾身顫抖的吳興抱下來，一雙大手在泣不成聲的吳興身上摩娑，他實在難以想像吳興從那上面滑落時會是什麼樣子。

太陽剛過山頭，他們便下了山腳，回到家裡。

起先，吳興並沒有發生什麼症狀，直到吃完晚飯，上床睡覺時，豎了身子譁譁大哭。才剛觸到床上，就用身子撞著床板，眼角瞪裂開來。

「這到底是怎麼回事啊……」林芳哭著，火光照在她臉上，露出了髮枯臉黃的惡貌。

「吳德啊！這究竟是怎麼回事啊！」

吳德咬一咬牙，只見吳興臉色青白，瘦小的肋下挺著大大的肚子。心裡一急，怒氣如水花般往臉上撞來。「我現在就去找到大夫，找不到我就不走！」

「那我們怎麼辦……」

「不能再拖時間了！」

「你沒有錢！吳德，你連錢也沒有！你別傻了！沒有人會幫我們！」

「那就算我傻吧！」

林芳坐倒在地，口中不停哭罵著天。

「雨擋不住我的！」吳德狠狠的說，披上外衣，提著柴刀。「頂多明天暗晡就回來的！」

冷冽的空氣逼得他不能呼吸，天已黑去，忽然一個微弱的火光亮了下，又亮一下，像鬼火夜行；從山上吹來呼呼山風，往哪一個方向望都恐怖。

在蒼茫的陰天裡，伸手不見五指的黑暗中，山路的盡頭更加遙遙無期。他不想繼續往前，卻也不敢停下來。他已經疲倦得無法形容，似乎馬不停蹄的走了好幾天。

走沒多久，遠處傳來一聲呼喚。

「阿爸……阿爸……」

清清楚楚的粗糙嗓音傳入他的耳中，但他沒有四處張望，沒有對眼前的白霧迷惑，他不能讓自己發瘋，於是就平靜的走著。

前方的白霧逐漸具象為人形，旁邊有個矮矮小小的身影。吳德提醒自己要視而不見。他望向自己腳下，卻赫然發現地上有個紅色的大眼睛正看著自己。

「我想回家……讓我回去看媽……」

吳財苦苦哀求，那雙腳下的紅色大眼頓時化身為漩渦，周圍的景色變成了紅色的樣子，發出溼答答的聲響，吳德感到自己的腳陷入了黏稠的液體，他強忍了下來，只能以若無其事的表情繼續往前走。

這一定是幻影，無論腳有多麼沉。

如果這是事實，吳財一定會朝他奔來，不會在漩渦中一動也不動。從這點來看，這也只是自己的幻覺罷了。

天上下起了紅色的雨，打溼了他的衣服。

他強烈感覺到吳財正強烈譴責著自己，但他無能為力。不論發生再殘酷的事情，都要在這裡做一個了結。為了還活著的家人，他不能停下腳步。他若不將視線從眼前的死亡移開，就無法活命。

吳德覺得自己像是在受酷刑般，不能與兒子有眼神的交會。他的身上全沾了血，樹木的沙沙聲從頭頂灑落，將他吞沒。

就像是這裡是森林似的。

這時，吳德發現理應是平原的田間小路，卻長出了參天大樹，不光如此，因為之前一直看著腳下，所以沒察覺手上的火把熄滅。他感到手臂發癢，定神一看，自己的掌心竟鑽出了無數的蜈蚣，散發屍臭。他的理智逐漸崩解，放聲大叫。

吳德追逐著那身影，越跑越快，啪啪的踏水聲，細小的水花如琉璃破碎，在他的腿上形成了沉重的負擔。他走入了那條黑色河床，而吳財只站在幾呎之遙。

「我要回家……家在哪……」

星光只持續了一會，立刻又被濃重的烏雲翻了下去。吳德這才驚覺，這東西根本不是吳財。風雨驟強，騰空打在巨石上，發出陰森笑聲的黑影游移，纏到了他的腿上，靜靜地咬下去。

山鳴大噪，吳德在意識的子宮中仍可以聽見：風在哭，水在泣。吳德被水流牽著，上溯，黑暗的世界傾斜，颶風和暴雨掃過一切，化為一渦一渦可怕的塵埃，淹沒大地。一切仁慈的殺戮中，他感到平靜。

他不知道前方有什麼，只是繼續前行，在這無窮空間的細小孔隙裡，只因有一抹光滲出。他走著，但是全身尚未挺直，整個人又倒了下去，像初生的嬰兒，沿著淌水的臍帶爬回溫暖的黑暗中，不去質疑命運帶他於此的理由。直到他看到了遠處的人影，兩頰躺著淚光，停下腳步。

他看到吳財向他揮手，臉上漾著無瑕的笑容。

頓時間，所有的恐懼、懊悔、憤恨、寂寞全數消失。他的呼吸變得輕柔，星辰像在奔跑。從巨石底下，從河上，從樹梢，無數死去的生靈從山谷中趨前觸摸他，天邊響起遙遠嘹亮的呼喚。

下一刻，他閉上了雙眼。

終曲

榕樹下，所有人都沉默了。

講故事的人說著說著，頭低了下去，眼角泛起淚光。

「那林芳和吳興後來怎麼了。」一個人不禁問。

「番寮溪洪暴後，山腳下的小村和墾居地被泥流淹沒，無人生還。林芳帶著吳興前往螺溪下游繼續生活，三個月後，他們就離開了。在我小的時候，城鎮來了個叫花婆。我不知道她是誰，只聽說她從前住在番寮溪洪暴的村莊，腦袋清醒時總會說些往事。在她告訴我這故事後七天，她就失蹤了。有人看到她和一個高大男人手牽著手，往深山走去；有人說，她就是那個林芳。至於吳興，是誰也不知道下落了……」

眾人議論一回，談論一回，就此散去。

後來過了很久，有人猜測他就是吳興吧；也有人說他講過不同情節的故事，每次講完不免會掉眼淚，這應該只是其中一個故事；反對的人常說：那一地的眼淚，那麼恐怖的事情，不親臨其境，說不真感情的。

傳說中，這山中來人活了一百多歲，走得安詳。他的屍體埋在已被鑿去半面的山壁下。如今，遊人日眾，山裡的時間已與山外無疑，但陰天仍是一樣的陰天。那塊長滿了蒼苔的墓碑，經過數十年風吹雨淋，早已隨迷霧消逝，不知所蹤。

評析／瀟湘神

敘事有自己的節奏與美感，讀起來相當流暢優美。有趣的是，開頭引述洛夫克拉夫特的話，暗示本作不該以一般奇幻小說看待，而是克蘇魯神話那類懸疑恐怖小說，這段引文確實為本作找到了比較好的位置，因為內文的奇幻成分其實不高，反而鄉野奇譚的性質極強。鄉野奇譚那種不確定真假的敘事固然有其魅力，但奇幻故事更傾向直接將虛幻假設為真實，如果沒有那段引文，懷著想看奇幻小說的心情來看，恐怕會困惑。不過，這段洛夫克拉夫特的引文與故事連結不深，看過全文後，反而讓人感到突兀。畢竟比起恐懼，生存的痛苦佔了更多篇幅，這雖然無損故事的價值，多少還是讓人感到引文有些雞肋。雖然奇幻要素不強，但作者對民俗元素的描寫相當高竿，像一開始描寫陣頭，詳細到彷彿完全不知陣頭為何物，使我們熟悉的事物在書寫中陌生，進而產生異文化般的印象，相當精彩。後面暗示吳興被牽走，最後在刺竹上被發現，這多半出現在原住民傳說中，可見作者有先做過一番調查。

說故事 013
奇幻來自在地想像：全國高中職奇幻文學獎十年精選

主編：彰化高中圖書館
作者：何冠威、許鐘尹、許皓鈞、呂方雯、郭芳妤
鄭筠庭、李　珉、鄭凱豪、高天倪、鄭楷錞
美術設計：Johnson

執行編輯：周愛華
發行人暨總編輯：廖之韻
創意總監：劉定綱

法律顧問：林傳哲律師 / 昱昌律師事務所

出版：奇異果文創事業有限公司
地址：台北市大安區羅斯福路三段 193 號 7 樓
電話：（02）23684068
傳真：（02）23685303
網址：https://www.facebook.com/kiwifruitstudio
電子信箱：yun2305@ms61.hinet.net

總經銷：紅螞蟻圖書有限公司
地址：台北市內湖區舊宗路二段 121 巷 19 號
電話：（02）27953656
傳真：（02）27954100
網址：http://www.e-redant.com

印刷：永光彩色印刷股份有限公司
地址：新北市中和區建三路 9 號
電話：（02）22237072

初版：2019 年 12 月 14 日
ISBN：978-986-97591-6-8
定價：新台幣 320 元

國家圖書館出版品預行編目 (CIP) 資料

奇幻來自在地想像：
全國高中職奇幻文學獎十年精選 / 彰化高中圖書館主編 .
-- 初版 . -- 臺北市：
奇異果文創 , 2019.12
面；　公分 . -- (說故事 ; 13)

ISBN 978-986-97591-6-8(平裝)

863.3　　108007764